路边的刺玫
LUBIAN DE CIMEI

王学江 著

有一种花，开在人迹罕至的路边，它孤独着自己的孤独，也芬芳着自己的芬芳。在匆匆的人生路途中，站在一个合适的距离，和蜜蜂一起感受它的雅态。只是，它会始终坚守在寂寞的路边，看云卷云舒自在，听小鸟歌唱诵诗。

黄河出版传媒集团
宁夏人民出版社

图书在版编目（CIP）数据

路边的刺玫/王学江著. — 银川：宁夏人民出版社，2014.7（2023.8重印）

（灵武文丛/孙志强主编）

ISBN 978-7-227-05805-2

Ⅰ.①路… Ⅱ.①王… Ⅲ.①杂文集—中国—当代 Ⅳ.①I267.1

中国版本图书馆CIP数据核字（2014）第157691号

路边的刺玫（灵武文丛） 王学江 著

责任编辑　姚小云
封面设计　伊　青
责任印制　侯　俊

黄河出版传媒集团
宁夏人民出版社 出版发行

出 版 人	薛文斌
地　　址	银川市北京东路139号出版大厦（750001）
网　　址	www.yrpubm.com
网上书店	www.hh-book.com
电子信箱	nxrmcbs@126.com
邮购电话	0951-5052104　5052106
经　　销	全国新华书店
印刷装订	三河市嵩川印刷有限公司
印刷委托书号（宁）0027089	

开　　本	690mm×980mm　1/16
印　　张	14.25
字　　数	200千字
版　　次	2014年7月第1版
印　　次	2023年8月第2次印刷
书　　号	ISBN 978-7-227-05805-2
定　　价	45.00元

版权所有　侵权必究

总　序

中共灵武市委书记

　　作为一种精神力量，能够在人们认识世界、改造世界的过程中转化为物质力量，对经济社会发展产生深刻的影响。文学作品是展现这种力量的载体，是人们了解历史、了解社会、了解自然、了解文化人生意义最直观表达。经文联同志编纂整理，《灵武文丛》已定稿待刊，这是从灵武优秀作家16部文集中精选出来的，主要有《风流云散》《先人种树》《儒仁的栈道》《名不虚传》《金紫宰相》《路边的刺玫》《灵州记忆》7部作品，掩卷之余不禁感慨，一个拥有30多万人口的灵武，有这么多热爱文学的人，而且，所收作家如查舜、季栋梁、王佩飞，诗人杨森君等在全国有很高的知名度，他们的作品多次获得全国各种奖项，有的作品还被翻译为阿拉伯语、英语在海外出版，影响广泛。他们笔耕不辍，默默奉献，为社会文明和文化进步增光添彩，我为他们的勤奋与坚持而感怀。

　　灵武有着2200多年建城史，自古就是西北地区重要的政治枢纽、军事重镇和文化中心。历史上曾有众多文人墨客赞美过灵武，如王维"大漠孤烟直，长河落日圆"，李益"回乐烽前沙似雪，受降城外月如霜"，韦蟾"贺兰山下果园成，塞北江南旧有名"等佳句名篇吟诵至今，灵武积淀了深厚的历史文化和民族文化资源，游牧文化、农耕文化、黄河文化、大漠文化、伊斯兰文化在这里繁衍生息，相互交融，相互渗透，构筑了灵武底蕴丰厚、独具特色的文化内涵。这些本土作家正是基于这样丰富、多样的文化脉络，创作了大量优秀的文学作品。

　　我们历来高度重视文化事业的繁荣发展，十分关注和支持文化建设和文学工作。近年来，广大文学工作者依托良好的创作平台和灵武丰富的文化资源，出版发表了一大批优秀作品，也涌现出了很多优秀作家。如查舜中篇小说《月照梨花湾》获第二届全国少数民族文学骏马奖，《穆斯林的儿女们》获1991年度庄重文文学奖，长篇小说《青春绝版》获中国首届回族学优秀成果一等奖；季栋梁《觉得有人推了我一把》获中国文学奖，《小事情》继获北京文学奖之后，又获宁夏文艺评奖中篇小说一等奖，《吼夜》获全国文学奖；王佩飞的诸多作品被国家级选本选载，《日子的味道》获得宁夏文艺评奖中篇小说一等奖；杨森君的诗歌曾数十次入选全国性选本，多次获得宁夏文艺评奖一等奖，他创作的《父亲老了》一诗，被IB（international baccalaureate）国际文凭组织中文最终考试试卷采用。这些优秀的作品、优秀的文学工作者，将我们灵武的文化发展和文学创作推向了一个新的阶段，其中不少作品描写了灵武家乡变迁、反映灵武历史文化和灵武人时代风貌，对人们了解灵武、认识灵武发挥了重要作用。同时，从一个侧面向世人展示出了灵武人的文化底蕴。

文化是民族凝聚力和创造力的重要源泉、综合竞争力的重要因素、经济社会发展的重要支撑，丰富精神文化生活越来越成为人民群众的热切愿望。今天的灵武，得黄河之利，借"两区"建设之势，已连续两年进入全国科学发展百强县行列。适逢灵武经济发展大跨越之际，我们更应该奋力搞好文化建设、大力发展文化产业，为推动灵武经济社会快速健康发展提供精神动力、智力支持和人才支持。《灵武文丛》不仅是新时期灵武文化传承和弘扬发展的有效载体，也是彰显灵武文化特色，塑造灵武精神，树立灵武自信的优秀成果。

希望灵武的文学创作者们继续努力，能以更多的形式来宣传灵武，提升灵武知名度和美誉度，为建设开放灵武、富裕灵武、美丽灵武、和谐灵武凝聚强大的精神动力。阅读一部好的文学作品，是对文化、知识、智慧和感情的一种积累，也是对心灵的一次涤荡。希望广大读者朋友们，都能够通过这套丛书，发现和了解宁夏灵武文化脉络，同时，也期待灵武有更多人才出现，更多精品享誉国内外文坛！期待灵武文化更加辉煌！

目 录

- 001　谁的激情，谁的欢乐？
- 003　"麻"老师
- 005　诚信，从我做起
- 007　观众拒绝荧屏垃圾
- 009　贪泉的自述
- 012　宋人升迁记
- 015　"冬眠""抗药性"及其他
- 017　南郭先生的答辩状
- 020　有感于国家领导人交饭费
- 022　制度打折要不得
- 024　艺术家要讲究人格修养
- 026　温柔一刀
- 029　树上究竟有几只鸟
- 032　谁为"面子工程"付学费
- 035　索要发票
- 037　父亲来信
- 040　多才多艺的阿乃

043	变脸与包装
046	致悟空的一封信
049	司马光砸缸之后
051	口罩的功能
053	"狼来了"的思考
055	动物宣言书
056	公仆豪吃与总理擦碗
058	警惕红包的"毒性"
060	救救大人
062	尊严的价值
064	人文素养亟待提高
066	官员的道歉
068	我们怎样做父亲
071	学位与学问
073	要坚决克服思想的"亚健康"
075	智叟的疑问
077	戒贪贵在责己
079	偷菜与富人的社会责任
082	博士在此又如何？
085	老鹰抓小鸡与列队毛毛虫
087	我们需要"遮羞布"
089	有"官"部门的说与做
092	珍爱生命从敬畏自己做起
095	不许放屁
097	我永远站在鸡蛋一边
099	乌鸦自救的 N 种方法
104	精神财富最重要
106	可怕的称谓变化

108	脸的功能
112	邻居的钥匙
116	螃蟹的上访信
119	破除形式主义咋这么难？
122	羞耻感亟待拯救
126	虚拟网络的娱乐与现实世界的可怕
129	卵真的不能击石吗？
132	挨揍的屁股、刺字的脸与被剁的手指
134	从尾巴说起
136	"雅贿"当拒之
138	愚总的智慧
140	愚总的智慧续
143	心中的镜子最重要
145	小学生的计谋
147	城市建筑需要灵魂
149	从郑板桥的糊涂说起
151	当面批评应提倡
153	反腐拒绝花架子
155	关雎
157	关于增设课程的请示
159	狐狸的教诲
161	坚果
164	困惑
166	坚硬的核桃
168	美国人的洗脚与中国领导的送温暖
171	人也是需要伤害的
173	温水煮蛙与温和腐败
176	也来说说上帝

178	致联合国难民署的一封信
182	主人与狗
184	作秀的批判
186	眼泪及其他
189	我也可以不高兴
192	屁话、P话及其他
195	狐狸媚言与领导诚信
198	这个社会不需要看客
200	光荣的房奴
202	水的启示
205	信不信由你
206	宽容是最好的爱国
208	睡觉的官，不能一免了之
211	只好读书
214	究竟是谁的悲哀
217	后记

谁的激情，谁的欢乐？

中央台有两档节目，一个叫《激情广场》，另一个叫《欢乐中国行》，想必没有人不知道，作为一个正常的人，能看到那么多的明星啊大腕啊在那里为我们有个好心情而努力地表现，我们是很知足的，当然，如果能和明星大腕们零距离地接触，是很多人，也包括我的梦想。最近的一个机会，让我圆了这个梦。某地和某市借大庆之机，请来了这两个剧组，朋友帮忙给弄来了票。晚会的氛围很好，音响效果好，明星大腕们很激情，很热情，很煽情。观众们为了表达自己的好客和亢奋，很欢乐，很高涨。可欢乐和激情之后，我却听说为了这两档节目，两地共花去了近千万的资金，却又不能不让人觉得有些得不偿失，那曾经的激情和欢乐一下子烟消云散了。

西汉学者毛亨为《诗经》所作的《大序》里写道："情动于中而行于言，言之不足故嗟叹之；嗟叹之不足故咏歌之；咏歌之不足，不知手之舞之足之蹈之也。"这意思就是说，当我们无法使用语言来表达我们的感受的时候，我们就唱歌；假使唱都不能表达的话，我们干脆就身子扭动起来——这便是舞蹈的由来。人们在吃饱喝足之后，想娱乐娱乐，丰富自己的精神世界，恢复自己的体力，拓展自己的思想，这是符合人性的，也是社会进步、文明和谐的表现。

建设社会主义先进文化，丰富老百姓的精神生活，作为"守夜人"，政府是有责任的。在大庆之际，政府搭台，企业出钱，请来名人名角，用他们的歌声给老百姓增添喜庆，这不能不说政府是把老百姓的利益放在了心上。虽然说是政府没出多少钱，但我以小人之心度之，这里面未必不存在打肿脸充胖子、攀比跟风的现象。经济社会，就要算经济账，算成本账，我想，这也是合情合理的吧？据说歌星明星们的出场费令人咋舌，动辄四五十万、六七十万。只要是智力正常的人，谁都能算出一场演出活动能花多少钱。如果用换算法来讲，一个下岗职工每月的工资是五百元，一个歌星的出场费相当于多少个下岗职工的工资，一个贫困大学生每月的生活费是四百元，一个大腕的出场费又相当于多少个大学生的生活费。更让人心中悲怒的是，某市往年企业家的捐款，都用在了资助家庭贫困的大学生身上，而今年却用在了演出上。

　　我们说政府应该是服务型的政府，一切以老百姓的利益为根本，对于这几场演出而言，这话只说对了一半，能享受到这种文化盛宴的，有多少是老百姓呢。想想那些下岗职工，那些失学儿童和贫困家庭，我们的官员坐在所谓的贵宾席上，听着动听的歌曲，赏着优美舞姿，心底是否真的就那么坦然呢？既然口口声声说为人民服务，就应该量力而行，尽力而为，有多少钱，吃多少面。民之所忧，我之所思，民之所思，我之所行，实实在在为老百姓考虑，为广大群众着想，把群众答应不答应、满意不满意、高兴不高兴作为检验工作出发点和落脚点的标准，这才是真正地体现了代表广大人民群众的根本利益。我们说，锦上添花固然需要，但雪中送炭却更为难得。

　　享受精神文化生活的方式也有多种多样，可以通过听广播看电视等等渠道，这也是一种最便捷、最经济的方式，这也是符合节约型社会要求的方式。当然，享受改革和发展的文明成果，这是我们共同的心愿，也是经济社会发展的终极目的，但把握好度，充分考虑当地的经济承受能力，考虑群众的实际困难，却又不能不是题中之义。那种打着为群众却为了自己政绩的做法，走的真不知是哪一条"铺满鲜花的路"。那样的"激情"与"欢乐"，真不知受益者最终是谁？

"麻"老师

我有一位同学姓马，自小就是我的铁哥们，他的后背上有几颗痣，我一清二楚，我的前胸有几个黑点，他也心中有数。初中时他的数学学得特好，老师布置的数学作业，他总是第一个完成，老师没有布置的课后的习题，他也总是第一个完成。我们都把他称为小老师，这位小老师也很称职，我们有什么不会的题，他都会给讲的，我们也因此少挨了老师的许多批评。

上了高中，他还是在数学的长跑中一路领先，就像个天才的领跑者。一通百通，他其他学科的成绩也是一样的好。后来高考的独木桥，他是一步跨了过去，且是以全校第一的成绩被一所重点大学录取。毕业后被分回到现在所在的县城一中教数学。他没有什么业余爱好，唯一的爱好就是认真备课，写他的数学论文，然后让他的学生们像他一样优秀，然后他的数学论文便一篇一篇地在很有名气的杂志上发表。每年他的毕业班的高考成绩都是全县第一，他自己呢，也总是锅满盆满的，先进工作者啦、模范教师啦什么的奖状年年拿回家。也因此，他的职称便被破了格，没有几年时间就评上了高级。他的一位同事，因为职称问题一直很苦恼，找到他要他帮忙，他二话没说，拿出自己已经写好的论文，署上那位同事的名字，而且署在第一作者的位置。没多久，那论文发表了，那位同事的职称问题在第二年便解决了。

有一次同学聚会，说起他的成绩，大家一致称赞不已。娱乐时大家打麻将，他在我的身边看热闹。那天我的手特别的背，简直就是臭篓子一个，他急得不行，说让开让开，我来试试。大家都知道他从来不打麻将，便一个劲地说，你会什么呀，你会什么呀，你只会数学公式而已。他一脸的红气，被激了上去，结果可想而知。

　　回到学校，我的那位同学便吸取了"滑铁卢"的惨痛教训，业余时间全部泡在麻将中。不愧是数学高手，学起麻将来进步是真快，技艺相当了得，且日有所进。他打电话来说，有什么呀，不就是几个数字的组合嘛，那么深奥的数学我都玩得转，136张牌我有什么玩不转的，有时间我们一起切磋切磋怎么样啊。

　　后来他的妻子又打来电话说，你们上次也太刺激他了，如今他的业余时间全都用在了打麻将上，专业眼看都被撂荒了，同学们私下都叫他"麻"老师了，这事你得管管，谁叫你们是铁哥们呢。

　　我说我一定试试，但不知能不能管好。

诚信，从我做起

曾子曰："吾日三省吾身，为人谋而不忠乎？与朋友交而不信乎？传不习乎？"这里的"信"，就是诚信的意思。诚信，是中华民族的传统美德，数千年来，一直被奉为立国之本，养德修身之基。曾子为了一个"信"字而践言，尾生何以扬名天下，无非是一个"诚"字，关羽乱世英雄，被后人树为楷模，乃一"义"字也。

打开史册，每一个时代，都会涌现许多为了诚信而付出艰辛努力的仁人志士，这充分说明，我们的民族一直把诚信作为自己的道德根基，人格底蕴，安身立命之本。但与此相反，现在的社会，有经济生活中的假冒伪劣，有政治生活中的尔虞我诈，有学术界的欺世盗名，有为人处世中的怀疑一切，不一而足。有许多的人，先是看不惯这一切，进而也不自觉地加入了这个队伍，丧失了做人的基本准则。我们说，不诚信是应该批评的，但绝不应该成为我们怀疑"诚信"，甚至践踏"诚信"的借口和理由。要知道，我们之所以崇尚诚信，一方面是诚信的宝贵，另一方面，也是因为欺骗的可耻。如果没有虚伪和背信，也就失去了诚信应有的本义，同样也就失去了我们在全社会大力提倡并努力实践诚信的基础。

现实生活告诉我们，诚信就是财富，履行诚信者，必能为诚信所善待。常言说，人心换人心，五两换半斤，说的就是这个道理。我们的社会处处需要诚信，个人需要诚信来立身，政府需要诚信来提高效率，经济需要诚信来繁荣发展，市场需要诚信来规范管理，社会需要诚信来文明进步，尤其是在我们已经加入了WTO的今天，诚信更是我们参与世界经济竞争的根本保证。

不信诚信唤不回，只要我们从自己做起，从现在做起，从说真话、办实事做起，自觉地充当诚信的实践者，我们就有充分的理由相信，中华民族诚信的传统美德就一定能够发扬光大。

观众拒绝荧屏垃圾

我个人对荧屏的距离是越来越远了，尤其是对影视剧，这绝对不是美学上的"距离产生美"的"距离"，而是实实在在的一种隔阂。我之所以由一个曾经对电视痴情不已而变得今天对它敬而远之，其主要原因便是目前的影视剧实在是垃圾太多，污染太严重，以致我目不忍睹。

一是色情垃圾。也许我是神经过敏，但目前影视剧中动不动就是拥抱亲嘴，或者在床上云雨翻滚，要死要活的，叫人十分难堪，尤其是和不同辈分的人一起看的时候。不可否认，剧情的发展，情节的跌宕，人物形象的塑造，有时候离不开肉体的接触，但我们的文化传统讲究含蓄，讲究"不著一字，尽得风流"，高明的导演会用"意会"的手法，巧妙地来完成故事的发展，而技艺低下者，为了一味地追求票房价值，不论什么手段都能用，都敢用。

二是知识垃圾。有的影视剧戏说无边，"关公战秦琼"，漏洞百出，除了叫人一笑之外，根本就起不到任何教育作用。

三是文字垃圾。这本可以归到知识污染里，但这里笔者特意单提出来，主要是针对近来影视作品风起云涌的字幕形式。可以肯定的是，对那些方言浓重的作品，配以字幕，对于观众是有帮助的，但目前的情况是一窝蜂都上，就连用普通话拍成的电视剧，也要用上字幕，这且不说了，可恶的是字幕中常常出现不应该出现的错别字，叫人很不舒服，有的对白中也是"白"

字不断，真是让人不能接受。

　　基于以上不成熟的个人偏见，笔者希望我们的文艺工作者们在今后的工作中，要以为人民高度负责的态度，按照"三个代表"的要求，努力创作出满足人民愿望的优秀的作品来，为净化荧屏，为社会主义三个文明建设做出自己的贡献。

贪泉的自述

朋友，你听过那首歌吗，"边疆的泉水清又纯，边疆的歌儿暖人心……"，我呀，就是那众多清又纯的泉水中的一员，不过，我可比它们出名多了，我叫贪泉。首先，我得申明一点，我本人绝没有有些人的要么流芳千古，要么遗臭万年从而名垂千古的心态，从本意上来说，我宁可做一眼默默无闻的无名小泉，任甘甜的泉水淙淙地流淌，任落花在我的肌肤里追逐打闹，任小鸟濯足唱歌，那"芝兰生于深林，不以无人而不芳，君子修道立德，不为窘困而改节"的境界，正是我所希望和追求的。但我的朋友，你可知道，我的命运是多么的曲折吗？

我的身世，最早被记录在《晋书·吴隐之传》里，说我在距广州城二十多里的地方，我的故乡叫石门。据说以前往广州赴任的大小官员，必须经过我的所在，而且到了我这里的时候，正是"赤日炎炎似火烧"的钟点，为了解渴，他们便没有不喝我的水的，然后他们说声痛快，就去赴任了。上任之后便是大吃大喝，搜刮民脂民膏，"三年清知府，十万雪花银"，便是最好的印证。然后一个一个地前"腐"后继，成为罪人，等到朝廷讯问他们犯罪的原因时，我便倒了大霉，他们无一例外地说是喝了我的缘故，于是我便由一眼名不见经传的小泉成了无人不知、臭名昭著的"贪泉"。而且朝廷还在我的旁边立上了耻辱柱，刻上贪官的名字，并且常常组织一批又一批的官员到我这里参观学习，说是吸取反面教训。从此以后，小鸟不来我这里了，落花也远离了我，我像是一名被打入冷宫的妃子，凄艳地度日。我以为我这辈子完了，再也没有出头之日了。

好在天无绝人之路，东晋隆安中年，也就是公元397年，有一个濮阳鄄城人，叫吴隐之字处默的，他被朝廷封为龙骧将军，要去岭南担任刺史，他来到我的身边后，也正是大中午的时候，口干舌燥，看到清冽的泉水，他先是咽了几口唾沫，又用手掬了几点儿水抹在嘴唇之上，然后看了看那些耻辱柱，诗兴大发，赋诗一首：古人云此水，一歃怀千金。试使夷齐饮，终当不易心。吴先生作完诗之后，就要开怀畅饮，但却被他的小书童挡住。那吴先生问为什么，那小书童说，先生你看，这泉水不干净，上面的落叶呀，小虫呀，喝了会坏肚子的。那吴先生指指耻辱柱说，你是怕我还会坏心呢吧。那书童脸一红，低声说不敢。吴先生泼净水面，灌满了竹筒，然后咕咚咕咚，一气喝了一筒，大声赞叹说好水好水，那赞叹之声叫我好好感动，使我面若桃花，心如脱兔。吴先生又灌了一筒，递给了小书童，小书童也学着吴先生的样子，就像干涸的小苗遇到了甘霖一样，迫不及待地喝完了水。真是好水呀先生，我从来没有喝过这么甜的水呢。于是主仆二人上了路。吴先生刚一走，那些小鸟呀花呀什么的就回到了我的身边。我心里呀比新婚还高兴。再说那吴先生上任之后，便将那一竹筒水悬于案头之上，每天只以青菜、干鱼为食，励精图治，夙兴夜寐，爱民如子，勤政廉洁，赢得了当地老百姓的交口称赞。那些土豪、乡绅一个劲地奇怪，都私下里说是我失去了"魔力"，我心里的话，什么狗屁逻辑，我哪有什么"魔力"呀！

后来吴老先生退休，书童上书皇上，要求把我身边的那些耻辱柱砸烂，还我清白。皇上圣旨说，那些耻辱柱还是应该要的，以儆效尤。既然不关泉水的事，朕就赐那眼泉水为贪泉吧。于是皇上御题泉名，命人刻好立在我的身边。

从此来我这里参观学习的人络绎不绝，车水马龙，好不热闹，有照相留念的，有拓字学书的，还有的用上好的高级水杯装上我的泉水，不远千里万里的路上把水拿回去是让亲朋好友品尝，还有的像吴先生那样悬于案头。

各位看官，那些耻辱柱上的名字和吴先生相比，我想应该是清者自清，浊者自浊，用你们的辩证法说，外因是变化的条件，内因才是变化的根本，与我区区一眼小泉有何关系呢？所以我这里送各位一句话：实践"三个代表"，清正廉洁为官，四自（自重、自省、自警、自励）当记心间，少来这里参观！

宋人升迁记

话说那宋人在运气极好之时捡回那只慌不择路倒霉透顶一头撞死在树桩上的兔子后，令妻子一阵忙乱，美美地饱餐了一顿红烧野味，并且酣畅淋漓地睡了一大觉，"春眠不觉晓"之后，宋人郑重其事地对妻子宣布，他将继续守株待兔，并要妻子每天都按时将饭食送于树桩前的那座破庙之中。宋人之妻乃良家妇女，恪守妇道，悉听宋人之吩咐，送饭十年不止。但那宋人也未免背运，再也没有捡到第二只撞死之兔。

忽然有一天，一辆奔驰600驶于破庙之前，车上下来一长发飘逸，眉清目秀，浑身飘着一股清香的美女，宋人一见便垂涎欲滴，香香的美女告诉宋人，某长年已五十九，但已吃遍了天上飞的，地上跑的，海里游的，喝遍了所有土的、洋的美酒，唯独没有品尝你宋人的守株之兔。某长现在想吃之极，不知你能否做到。那宋人便诉苦于香香的美女，本人已待十年而再未见到触株之兔，真是遗憾啊，那美味真是世之绝见啊！那香香的美女满目含情，同时也露出鄙夷之色，告诉宋人，你若想法给某长弄到触株之兔，某长将把此处开发为旅游胜地，你也可弄个旅游局长干干，拿上俸禄，岂不比守株待兔强上千倍万倍。宋人一听此话，大喜过望。那宋人此时头脑十分清醒，急忙对那香香小姐说："首长的事就是我的事，不管是上刀山下火海，我也一定想办法弄到，但这旅游局……长的事，还请小姐多帮忙，是不是现在就立个字据呢?"

"行,合同我已经带来了,请签个字吧!至于那个局长的事嘛,我们老总说了,只要你能弄到触株之兔,不用你要,不用你跑,不用你送,我们老总送给你就是了。"

宋人接过合同一看,全都是简体字,再加上他本身就是个文盲,大字识不了几个,就更是如坠青云了。但他看清了那个鲜红的大印,香香小姐要宋人签字,宋人便伸出指头蘸了点庙里的炭灰,摁了手印完事。

宋人和那香香小姐拜拜后,日夜守候,朝思暮想,急切地盼着再来一只兔子重复同伴的噩梦,好圆自己的美梦。眼看着合同的时间临近,就是不见救命的野兔,宋人急得抓耳挠腮,嘴上起了一个又一个的大泡泡。忽然宋人一拍脑袋,有了主意。

宋人说干就干,到集上当了妻子唯一的银戒指,买回了一只不肥不瘦的家兔。宋人在那古老的树桩边放了许许多多的新鲜白菜、萝卜,然后用绳子拴住兔子,拉到树桩边让兔子吃一口就返回去,再如此反复,宋人不舍昼夜地进行强化训练。功夫不负宋人,经过训练,那兔已经能够很轻车熟路地跑到树桩前了。

今天就是香香小姐来取兔的日子了,从前天开始,宋人就将那兔子拴在破庙前的石狮子上,不给吃不给喝,只让兔子对那堆放在树桩边的鲜菜望眼欲穿。"嘀……"那奔驰如约前来,眼看就要到了,宋人一松手那兔子飞也似的直向树桩冲去,宛如离弦之箭,可怜那饿了两天的兔子一头撞死在了树桩之上,为她的同伴殉了葬。此时香香小姐刚好到达,只见那只"触株之兔"还在蹦腿蹬脚。他急忙拿出手机请示汇报,某长当即指示,照合同执行。香香小姐拿出笔记本电脑,唰唰唰打好任命书,盖上了旅游局的大印。宋人急忙扒皮剥肚,伺候小姐上路后,手捧任命书,千恩万谢,感慨万千:"子在川上曰,逝者如斯夫,皇天后土啊,想不到,我宋人也有时来运转之时啊!"此时正好宋人之妻前来送饭,脸上也绽开了秋后霜打了似的菊花般的笑容。

  第二天,破庙前人山人海,建工队整体进驻,宋人指手画脚,指东画西,像模像样地在那里当起了总指挥,胸前挂的上岗证上赫然印着头衔:旅游局局长(处级)。

"冬眠""抗药性"及其他

  自然界里的一些动物,有冬眠的特殊本领。到了冬天,不吃不喝,静静地藏在地底下,不断地消耗着夏天、秋天积蓄下来的能量。等到春暖花开、气温适宜的时候,它们都统统地活跃起来,繁衍子孙。据农民兄弟们说,这几年庄稼地里的害虫屡治不绝,药量用多大也无济于事,原因是害虫经过农药的长期"洗礼"和考验之后,已经具备了免疫力,增强了抗药性,从而大大方方地在庄稼地里大吃大喝,繁衍子孙。农民兄弟们是又气又急又没有招数。

  看看我们的现实世界吧,岂止是动物界有冬眠,害虫有"抗药性",社会上的"害虫"不也同样具有"冬眠"的本领和"抗药性"的天赋吗?你不见,市场上的假冒伪劣商品"琳琅满目",但却是屡禁不止,越禁越多吗;车匪路霸,拦路打劫,不是越治越差,人们的安全感越来越少吗;反腐倡廉工作大会讲,小会讲,从中央到地方,搞得轰轰烈烈,可结果却令人大跌眼镜,"革命的小酒"不还是天天在醉吗,胡吃海喝不也还是"桃花依旧笑春风、茅台熏得官人醉"吗?只要是有良心的公民,都会扪心自问,这究竟是为什么?

  "害虫"的危害性不言而喻,可它们为什么会"冬眠"?为什么会有"抗药性"?对这个问题,只有找出"病根",开准方子,对症下药,才能奏效。

但笔者以为，问题的关键还是出在"药"上，这里有个"假药""真药"的区别，即使是"真药"，也还有一个怎样用药、谁来用药、药量用多大、什么时机用药的问题。君不见，法律法规虽说在一天一天地完善，可执行起来一加上人情的"作料"，不就一条一条地成了"软面条"了吗，打击假冒伪劣商品生产者，你费了九牛二虎之力，才找到了证据，可最终也不过是象征性地罚点钱了事，既不伤筋也不动骨，更不能使之倾家荡产，绳之以法，人家自然罚款缴得积极，"打一枪换一个地方"，重操旧业，发不义之财，昧良心赚钱；眼看一个大案要案有了眉目，上头写来了条子，中间吹来了调子，下面送来了票子，结果自然是法网恢恢，疏而有"漏"。更有甚者，平日里吃拿卡要，威风十足，一听风头来了，便迅速"冬眠"，很像是那么一回事。

根治害虫"冬眠"的最好办法是"加温"，使它们从深洞里爬出来，从而发动群众，展开爱国卫生运动，对查出的"害虫"，不论是"皇亲"，还是"国戚"，法律面前和法律面"后"一律平等，该杀的杀，该判的判，以严肃党纪国法，赢得群众的信任。对于"抗药"的，加大"药量"，用"烈性药"，铁面无私，执法必严。还要坚持研制"新药""特药"，使一切害人虫死无葬身之地。只有到那时，党风才能真正清廉，民风才能真正淳朴，人民才能安居乐业，社会主义三个文明建设才能真正取得实效，全面建设小康社会的目标也才能实现。

南郭先生的答辩状

尊敬的各位陪审团成员，尊敬的各位法官大人：

今天我坐在这里，心情非常激动，首先真诚地感谢你们给了我这次答辩的机会，这是民主健全的表现，更是法律完备的表现，是我们社会主义政治文明的空前胜利，是封建专制主义的彻底失败。各位陪审团成员、各位法官，几千年来，我吃尽了苦头，历尽磨难。批评某些人工作不认真，不努力，人们总是从表面上看问题，总是拿我来说事，致使我下岗失业，没有生活来源，长期生活在贫困线以下，就连低保，也没有我的份。但我不在乎这些，和物质的贫乏相比，受到的精神摧残是我最大的悲哀。各位陪审团成员、各位法官，我南郭终于等到了这一天，这真是苍天有眼呀！今天，在这里，我请求公正的法庭恢复我的名誉，依法判决那些诽谤我的人，还我以清白，并且给我以经济上的赔偿。

尊敬的各位陪审团成员，尊敬的各位法官大人，下面我开始答辩：

一、我南郭从不做坏事。"子不教，父之过"，南郭我自小失去双亲，没有父亲的循循善诱，更没有母亲的择邻三迁。我吃百家饭，穿百家衣，承蒙老天有眼，我没有列入路有冻死骨的行列已是不幸之中的万幸了。我哪有什么束脩来交学费、求学问，更何况那个年代并不比这个年代少多少乱收费，好在我自学了吹竽的一些个本事，又随街头的艺人实践了演奏的理论。

那年正好我看到一则广告，"齐宣王使人吹竽……廪仓以数百人"，宣王要招纳乐手，我便试着去报了名。在报名的时候，我多了个心眼，把我的私房钱送给了考官。那考官对我笑笑说，回去等消息吧。面试那天，天气奇热，我借了邻居阿三只剩下了两个扣子的破汗衫。还没等我走到主考官的那间屋子里，我已经是满头大汗了，进去以后，我一看是我送了红包的那个考官，我的心一下轻松了，但还是慌得不行，一急，就吹不响了，别说是发挥水平了。反正就这样了，我就乱吹了一气。那大人问了我的简历后说你回去吧，等消息好了。发榜那天，我根本就没去，是阿三去的，我知道去了也没用的，我肯定没戏。可那阿三回来后对我就是一拳头，说我倒数第二，在孙山之前。我一听就晕了过去，是阿三用凉水把我喷醒了。阿三说小子，苟富贵，勿相忘，我们可是患难兄弟呀。我说不会的兄弟，从今往后，只要有我南郭的一口，就有你阿三的半口。

刚开始上班的时候，我严格要求自己，坚持工作时间八小时内外都在勤学苦练。但时间一长，我发现宣王只喜欢听合奏，有许许多多的人都在混日子，干多干少一个样，吹与不吹一个样。我为什么那么傻呢。从此以后，我便开始混日子了，整天忙于应付各种事务，和阿三吃吃喝喝，好不潇洒。但我以人格担保，尊敬的各位陪审团成员，尊敬的各位法官大人，害人损人的事我是从来没有干过的。为了那份俸禄，有时也还得做做姿势，装装样子，做出努力吹的架势来。我的水平实在不怎么样，但我没有给和谐的主题增加一丝一毫的杂音，这一点，我想谁也应该承认吧，我往那里一站，至少助威的作用总是起了吧，顶人的作用总是起了吧。这比当今许许多多不懂装懂，不懂还要干涉别人，对别人鸡蛋里头挑骨头，站着茅坑不拉屎的北郭、西郭们来，不自量力地说，我比他们要强上好多倍，我不仅有些可爱，还有些可敬呢。

二、我南郭有自知之明，懂得及时隐退。书上说："宣王死，泯王立，好一一听之，处士逃之。"其实不是这么回事。宣王真是一个好国君呀。他给了我好几年安逸的生活，使我吃喝无忧，养得白白胖胖的，就连那阿三，也是人模人样的。现在回想起来，真是后悔得不得了，当初我要是能学下点东西，成为真正的竽师，再学点儿什么用鼻眼、用屁眼吹竽的绝招，碰到什么王我也不用害怕。要不说是那憨王的一一听之，也不至于今天下岗失业了。那憨王上来后，我便看清了形势，及时要求病退，而且装出嗓子沙哑的样子来，就像当前的某些歌星那样，哑哑的。那憨王还算个明君，对我这个前朝的乐人网开一面，批准了我的请求，当然，俸银是没有多少的，憨王说算是买断工龄吧，我千恩万谢。就这样，憨王赐我一杯水酒后，我出了宫，又回到了民间。尊敬的各位陪审团成员、尊敬的各位法官大人，想我南郭当时已是半百之人，学什么手艺也已经来不及了，只好用那几个买断工龄的碎银子和阿三一起度日。说实话，我当时要是走走憨王的后门，用我的那几个碎银子送一送，跑一跑，也说不准能留下来做教练呢，尤其是我应该多搜集一些憨王的桃色新闻，多掌握几手资料，我就一定能吃香的喝辣的，憨王也会没有办法对付我的。但我已经说过，我南郭本质上是个好人，我没有做过坏事，因此我不会那么干的。我知道，我之所以有今天，是不能怨别人的，是我"少壮不努力，老大徒伤悲"的结果。

　　尊敬的各位陪审团成员、尊敬的各位法官大人，虽然我现在已经弹尽粮绝，无依无靠，但我失业以后，没有冲击过政府，没有上访，更别说是越级上访了，没有游行，没有静坐示威，从这些方面看，我还算是个良民吧。我遇上了好社会，并且有了今天这样答辩的机会。综上所述，我请求法律还我以公道，为我恢复名誉，并请求对那些损害了我的精神者追究法律责任和民事赔偿责任，以使我安度晚年，同时考虑能否将我列入社会低保人员，以使我的生活好些，再好些，尊敬的各位陪审团成员、尊敬的各位法官大人，我南郭真的好想再活五百年呀！

有感于国家领导人交饭费

据史料记载：1965年5月下旬，毛泽东同志到井冈山视察。视察期间，他坚持每天2.5元的生活标准，每餐四菜一汤，外加小碗红米饭。若有剩菜，总是交代服务员"别倒了，下一顿热一热再吃"。视察结束后，他派秘书交伙食费，并叮嘱说一定要按标准交。直到今天，井冈山的宾馆0006482号伙食发票仍清晰地显示着"首长，伙食费7天，每天2.5元，计17.5元"的字样……

与此相应的是胡锦涛总书记2002年12月6日中午在西柏坡视察结束时就餐后，委托河北省接待办的同志找到当地安排生活的封国庆同志，要为他支付两天的餐费，并请开具一张发票。封国庆同志便开出了这样一张发票：票号为冀石地税3687296，单位栏目填写为胡锦涛，日期是2002年12月6日，项目内容是5、6日餐费。

作为党的高级领导干部，毛泽东、胡锦涛同志日理万机，为民谋利，所到之处接受干部和群众的热情款待，本是情理之中的事情，但他们却能心有规章，严于律己，硬是不讲"人情"，吃饭自己掏钱，尤其是胡锦涛总书记，在国人已经基本实现小康社会的今天，依旧身体力行"两个务必"，带头遵守廉洁自律的有关规定，其精神令人感动。

我们说领导下基层检查工作，不可能自带锅碗，随灶就餐是最基本的要求。但我们的有些领导却不是这样，他们置廉政建设的有关规定于不顾，大吃大喝，有的上级领导虽然口头上说要遵纪律，但禁不住下级的人情和热情。有的下级公然采用变通的手法，将党纪、国法置于一边，极尽迎合之态，巴结讨好上下级领导。我们说吃喝并不是小事，民谣所说的"喝坏了党风喝坏了胃"不就是很好的说明吗？笔者以为反腐败没有大小之事的分别，凡是与腐败有关的事，都应该给予高度重视，常抓不懈。只有这样，才能保证干部的清正廉洁。

  古人说："律己足以服人，量宽足以得人，身先足以率人。"作为人民公仆，要想赢得群众的拥护与爱戴，赢得群众良好的口碑，就必须"深怀爱民之心，恪守为民之责，善谋为民之策，多办利民之事"，就必须戒贪守节，一尘不染；勤政廉政，公私分明，一身正气，两袖清风。在这方面，毛泽东、胡锦涛等党和国家领导人为我们做出了很好的榜样。

制度打折要不得

俗话说，没有规矩不成方圆，这里的规矩就是规章，就是制度。规章制度就是要求我们共同遵守的、按一定的程序办事的规则或准则。从小处说，制度是单位部门各项工作顺利进行的基本保障，从大处讲，制度是贯穿于经济建设、政治建设、文化建设、党的建设等各个方面和各项工作的基础性要求。正是因为如此，我们党历来都非常重视制度建设，并积极地在总结经验和吸取教训的基础上注重于制度的创新与发展。我们的各项工作正是因为有了很好的制度保证，才取得了一定的成绩，也正是因为有了制度的创新，才更进一步地促进了我们各项事业的发展。制度的改革和建设，一方面本身就是改革和建设的重要组成部分，一方面为改革和建设提供强大的保证和支持。

邓小平同志曾经说过，没有制度工作是搞不好的。这就要求我们各项工作必须有规矩，有方圆，有制度，更为重要的是我们要坚决地不折不扣地执行已经制定的各项工作制度，从而防止并克服工作中的随意性、盲目性，克服那些以言代法、朝令夕改、长官意志等不严肃的做法。有人说，搞市场经济，什么都应该活泛一些，也有人说，制度是死的，人是活的，更有甚者是"酒杯一端，政策放宽"，贯彻落实，一"灌"就落实。凡此种种表现，是对政策的极度亵渎，是政策打折的现实所在。我们不能否认，现行的政策有它不尽合理的地方，也有它不尽完善的地方，但一项制度已经颁布执行，必定有其广泛的适用范围和高度的原则性，而所谓的"下不为例""网开一面"与其都是相矛盾和抵触的。更何况我们的国情是有了这一次的"例外"，就会有下一次的"例外"，有了这方面的"例外"，就会有那方面的"例外"。因此，在政策的贯彻执行方面，我们决不能允许商品销售的打折方式的存在。制度的打折是制度执行中的"肿瘤"，必将导致制度的萎缩与死亡。有制度不严格执行比没有制度更为可怕，说的就是这个道理。

创新是一个民族的灵魂。为了保证发展的新思路，改革的新突破，开放的新局面，各项工作的新举措，我们的各项制度也必须注重创新。只有通过制度的创新，解放思想，实事求是，与时俱进，才能更好地适应工作的需要，才能更好地把握规律性，使各项工作不断富于创造性，体现时代性，从而确保"三个代表"的实践，实现全面建设小康社会的目标。

艺术家要讲究人格修养

先来看这几种现象：割人肉，放人血，玩尸体，向河里倾倒人油，从死牛肚子里血淋淋地钻出来。读者朋友，这些行为属于怎样的一种行为。我想你的回答也许和我的回答差不多，这些行为的实施者肯定是从精神病院里逃出来的，这些行为是充满了暴力和自虐的行为。你且先慢着下结论，请让我来告诉你吧，这叫艺术行为。不过这里需要申明一点，这不是我的观点，这是实施那些行为的艺术家们说的。

不可否认，随着网络等信息产业的发展，今天的时代，已不再是一个纯粹的以文本写作为主的时代，也不再是一个以阅读纯粹的文本为主的时代。生活的多样化要求艺术的多样化，追求行为的特立独行，已经成为人们的必然选择。上面所列举的行为，正是一些先锋派艺术家们的探索方式之一。先锋派艺术家们的批判意识和探索精神是值得肯定的，这是对艺术形式的一种很好的补充和完善。但是先锋派艺术家们大概忘了，"艺术来源于生活，但高于生活"，他们的那种行为，充其量也只是对一种丑陋的生活行为的再现，而不是对生活的提炼，更不是他们所宣称的艺术行为。

我们知道，艺术的作用，是给人以美的愉悦和享受，从而净化人的灵魂，提升人的道德品格。而上面所说的一些所谓的艺术行为，它们除了令人恐惧和恶心之外，还能给人什么呢？

综观古今中外，无数的事实告诉我们，从事艺术的人，他要想成为一个名副其实的艺术家，"首先要做一个有德行的人"（狄德罗），"在艺术和诗里，人格确实就是一切"（歌德）。以此标准来判断现在的艺术，尤其是那些所谓的艺术行为，实在是叫人难以评说。笔者以为，此类现象之所以有市场，最根本的原因，恐怕还在于艺术工作者们对自己的道德修养和精神品质重视不够。要做一个艺术家，必须先要学会做"一个纯粹的人，一个有道德的人，一个脱离了低级趣味的人，一个有益于人民的人"。社会主义文艺的生命力，始终在于坚持"二为"和"双百"，作为一个文艺工作者，必须要认真深刻地领会"百家争鸣，百花齐放"的内涵，身体力行"为人民服务，为社会社会主义服务"的方针，创造出无数的好的作品，从而达到"以优秀的作品鼓舞人"的最终目标。

人民需要艺术，艺术更要从人民群众中汲取营养。社会主义市场经济的迅猛发展，金钱诱惑力的日趋强烈，对人们的道德修养和人格品质提出了空前的挑战，作为一个文艺工作者，就应该牢记"在中国人民的历史创造中进行艺术的创造，在人民的进步中造就艺术的进步"的教诲，自觉地树立正确的世界观、人生观和价值观，深入社会生活，深入群众，把握时代的脉搏，创作出无愧于我们这个时代，无愧于人民的好作品，那么，他才是一个合格的艺术家，才是一个受人民欢迎的艺术家，也才是一个真正的人民的艺术家。

温柔一刀

世界只有两种人对金钱熟视无睹，一种是百万富翁，一种是印钞厂的工人。

其实，这只是我的个人猜测，是以小人之心度君子之腹而已。也许，百万富翁追求金钱的迫切心情比常人更甚，至于印钞厂的工人，那是慑于法律的威严，如果不是这样，也许他们人人都要开印钞厂了。

作为凡人，在金钱不是万能的，但没有金钱是万万不能的今天，我也遭遇了一次同金钱的博弈。

那是一个很偶然的机会，似乎那个机会是冥冥之中专程从万里之外赶来同我赴百年之约的。

这几年由于生活水平的不断提高，我一不小心大腹便便了起来，如果不看上头，不看下头，只看中间那肚子的话，你无疑会认为那里面肯定孕育着一个旷世之才。很显然这是吃用过度的结果。妻子一再催促我去医院检查，结果可想而知，医生要我除了加强锻炼，还要我坚持按时吃药，我自己呢，心想在瘦的时候，一个劲地羡慕胖子，现在自己经过艰苦的努力，终于也跨入了胖子的行列，成为一个看起来有一点领导般人模人样的东西了，你说我能心甘情愿地去减肥吗？但妻子自有她的小九九，说什么你要从为你的妻儿老小的利益着想，从维持我们家的安定团结的大好形势出发，必须实施减肥计划。在妻子的教唆之下，我那不足两岁的小姑娘也胆识过人地爸爸减肥、爸爸减肥地喊个不停。迫于全家人的压力，我只好寻求减肥的灵丹妙药了。

先是妻子克扣我的"军饷"，采用饥饿疗法，没有几天，我便被饿得前心贴到了后背，人已不成个样子，妻子一看不行，便又恢复了我的正常伙食。我自己也是很着急的样子，妻子看了也没有再说什么，女儿摸着我的肚子，小脸上一脸的不满意。有一天，我意外地在报纸上发现了一个好消息，说是有一种不用节食就能减肥的好方法，具体方法在一本书中有详细的介绍，我迫不及待地将这一好消息告诉了妻子，妻子高兴得像过节日一样，催促我急忙去办理邮购，而且指示说不论书有多贵，都要买回来，总比吃药要强多了吧。于是我便去办理了邮购手续。不几天的工夫，书便如约到家了，原来，是一本介绍如何科学地搭配饮食的书，书中对减肥的方法的介绍仅此而已。我对这本上了当的书大喊大叫，妻子不以为然，说人家说的有道理，肥胖就是由不合理的饮食导致的，这本书不错，我以后就照着书中的菜谱做给你吃，我看你再胖不胖。

以后的日子，我便没有再享受到多少美味。妻子果然是按照书上的指导，一天一天地坚持着，不厌其烦。

一天，又是一个包裹，我撕开一看，是上次邮购减肥书的那个邮购部寄来的，说我已经幸运地被列为抽奖用户，可以参加幸运抽奖，头等奖奖金为5000元。条件只有一个，需要再邮购价值65元的商品即可。而且随信寄来了精美的抽奖说明。我和妻子一说，妻子便不同意，说现在的骗子多得很，我们还是不要上当的为好，我说上什么当啊，人家不是把书给我们寄来了吗，这是正规的邮购部，说不定我们还能一不小心得个大奖呢。妻子知道说不过我，也就不再说什么，只是说我觉得65元钱也是钱吧。

于是我满怀信心地寄去了65元，我随意地选购了一把所谓的瑞士军刀和一个VCD碟包。那家公司倒是很守信用，不久便寄来了产品，自然，军刀是军刀，但绝不是瑞士的，VCD碟包倒是很精致。又过了几天，那家公司又寄来了一份热情洋溢的抽奖资料，而且将我的名字印在中国地图西北地区的版图上，并且罗列了许多有名有姓的曾经的中奖者，唯一的缺陷是没有注明获奖者的电话号码，以便联系，这次抽奖说明与上次不同的是，这次的抽奖说明说得很明确，我已经至少获得了二等奖，二等奖的奖金是多少，说明上没有说明。但我私下猜测，一等奖的奖金是5000元，那么二等奖的奖金也不会太少吧。不过这次另外又附加了一个条件，必须再邮购至少100元的商品，否则将取消抽奖资格。我多了个心眼，没有对妻子说这回事，而是用自己小金库里的钱又邮去了100元，选择的是心仪已久的俄罗斯望远镜，当然还有那份大奖。我想，俗话说，事不过三，这次看那公司还有什么话说。于是我满怀信心地开始了焦急的等待，每天都要到传达室看上几回，就像当初恋爱等待信那样迫不及待。盼星星，盼月亮，终于盼来了望远镜，但我最盼的获奖通知却没有来，望远镜的效果还不错，上面有俄文，至于是不是俄罗斯的产品，就不得而知了，也管不了那么多了。此时最想管的是那份通知。

就在我快要大呼上当的时候，抽奖结果及时地来了，唰唰地撕开信封，抽奖结果上说很感谢你参与了我们的活动，但很遗憾，你没有中大奖，你中的是二等奖，奖品价值为5元，我们用等值的邮票给你寄去，请查收。上面还说欢迎你继续参加我们下次的有奖邮购抽奖活动，下次的大奖是北京2008年奥运会门票一张……

看着所有邮购回来的东西，还有那张获得二等奖的通知书和奖品，我感觉背后凉得瘆人，好像有一把无形的温柔的刀子直插而入……

当我无精打采地回到家时，妻子兴高采烈地对我说，今天我看了一张报纸，据科学家研究发现，胖人大多比瘦人要长寿，你从此以后可以不必减肥了……

树上究竟有几只鸟

　　夜深人静的时候，我的灵魂从被窝里游离而出，乘着黑夜的翅膀，飞到了不同职业人的梦中，和他们进行黑色的对话，向他们请教困扰了我很久很久的一个问题。这个问题实际上本来不算个什么问题，就是树上有六只鸟，一个人开了一枪，打中了一只，请问树上还有几只鸟。

　　我来到一间废弃的农舍中，一位白发老者对我说：孩子，我没有学过算术，你想从我这里知道答案，那是不可能的，但我可以很负责地告诉你，在我生活的那个时代，树上不可能只有六只鸟，每棵树上天天都落满了各种各样的鸟，有画眉，有山雀，有麻雀，等等，那时候人和鸟的关系，就像母亲和孩子的关系一样……

　　说到这里，老者飘然而去。

　　我来到数学家的身边，我向他谦虚地请教，数学家对我说，从数学的角度说，树上应该还有五只鸟，这个你都不懂，真是愚蠢，你们老师当初是怎么教你的……

　　之后我到了一位中文系教授的府上，教授先是用手指很有风度地梳理了头顶残存的几根宝贵的白发，然后让我坐下来，就像讲课那样，对我说：这个问题，说简单也简单，说复杂也复杂。简单嘛，就是六减一等于五，说复杂嘛，是这样的，假如打中的那只鸟挂在了树上，而其余的全都飞了，树上当然剩下一只鸟；假如打中的那只鸟掉到了地下，其余的全都飞了，那树上就一只鸟也没有了；假如打中的那只鸟挂在了树上，其余的五只鸟中有三只是聋鸟，两只不聋的听到枪声就飞了，那树上当然就有四只鸟；又假如其他没被打中的五只鸟看到同伴被戕害，它们发扬鸟道主义精神，都留下来救助同伴的话，树上当然还是有六只鸟；再假如打枪的人用的是无声枪的话……

我已经听得有些糊涂了，一听还有假如，赶紧说声谢谢，落荒而逃。

这是一位军人，是"吃过糠，扛过枪，跨过江"的那种军人，又是那种百步穿杨的军人，他一听我的问题，大发雷霆，直骂那个打枪的人，说什么臭枪法，一枪只打中一只鸟，简直就是浪费子弹嘛，我告诉你，从理论上讲，一枪打中几只鸟的可能都是有的……

曾经权重一时，威震四方，身边簇拥着美女与美元，如今在狱服刑的高官淡淡地对我说，什么呀，谁挨上枪子算谁倒霉，树上有那么多的香果，站在树上又能看到无限的风光，即使是看到同伴被打中了，也没有什么的，只要不是自己被打中，又有谁愿意离开树呢？

听说我正在探讨打鸟的问题，一位美食家找到我，掏出一张信用卡对我说，那只被打中的鸟是国家几级保护鸟类，可不可以卖给我，我出高价，让我尝尝味道怎么样……

问问人民的公仆怎么样，他可是我作为纳税人用钱养活着的。于是我来到了一位还在加班的已经拿到了博士文凭的高层领导的房间，他一听我的问题，对我摆摆手说，我很忙，你去问我的秘书好了。于是我碰了一鼻子灰。

俗话说解铃还需系铃人，我找呀找呀，终于找到了当初经历了那个惊险场面的幸存的几只鸟，向它们提出了同样的问题，它们似乎有些幸灾乐祸地对我说，反正我们没有被打中……

爸爸，爸爸，我要尿尿，我要尿尿。

正当我还要穷追不舍地继续这个问题时，女儿的叫声把我拉回到了现实。我领着女儿上完了卫生间，向女儿问了同样的问题，女儿揉揉眼睛说，老师说了，要我们爱护地球，保护生态，不让打鸟……

我愣在了那里，两眼发直。

谁为"面子工程"付学费

先说一段家事。家有小女，才三岁，但十分机灵。那天看到电视上她的那位不知名的小姐姐"妈妈我要小叮当"的广告时，便缠上了我，也非要小叮当不可，由于怜爱的缘故，我只好带着她将小叮当请回了家，回到家后，小女趁我们不注意，自己溜进了洗漱间里涂抹勾画，弄了个大花脸后，跑过来问我，爸爸我漂亮不漂亮，我说你自己说漂亮不漂亮，她想都没想就很自豪地说漂亮呢，惹得我们一家人大笑不已。

再看一段故事。说的是1998年，在重庆市的江边上，建了一个名叫"中国龙"的广告牌，长300米，高45米，共耗用钢材1500吨，各种费用总计4000多万元，就是这个广告牌，曾经还辉煌地入选了吉尼斯世界纪录。可是好景不长，还是这个广告牌，在四年之后的今天，却被拆除了，卖废铜烂铁，只值100多万元，那3900多万元，被东逝的滚滚长江水无情地吞没了。看了这则报道，我想，所有的读者都会和我一样，有几个问题要问。一是此项工程当初专家学者论证了没有。答案是肯定的，专家学者论证过了。他们的意见是此项工程不可行。理由是重庆是个"雾都"，特别是长江边上经常浓雾弥漫，几百米之外能见度很低，视觉效果很差，就连牌子都看不清，更别说是广告牌上的内容了。另外，偌大的广告牌，仅维护费用一项，每年都得上百万元，从经济学的角度说，实在得不偿失。但最终的结果是科学的论证抵不过决策者们为了"形象工程"的一锤定音。二是此项工程报批了没有。答案同样是肯定的。在我们这个盛行公章的国度里，干什么事情不跑断腿盖几个乃至几十个公章是绝对不可能的事情。当然了，由于这是形象工程的缘故，所以审批部门肯定是一路绿灯。至于监督、把关的职责履行了没有，那是另外一回事。三是这么大的一项工程，经决策者们"拍脑袋、拍胸膛、拍屁股"，进而最终造成了那么大的国有资产浪费之后，有没有追究有关人员的经济、刑事、行政责任。报道中没有说，我想聪明的读者自会有答案的。四是以此项"吉尼斯世界纪录"者为饭碗者的命运如何，报道中没有说，但我想，聪明的读者也会推测出那些弱势群体的最终归宿。

第三件事，是听来的一件真事。说是某市是一个文化底蕴丰厚的县城，在中国历史的教科书也占有几行文字的地位，但遗憾的是那些能说明其历史的千年古建筑，在"文化大革命"中被全部破了四旧。该市领导为了改善城市面貌，营造良好的招商引资环境，决定在新建的环城路的十字路口建一座旧式的新鼓楼。鼓楼建了一半，决策者升迁了。新来的领导一调查，当初对这项工程不满的有群众，有干部，但大家知道人微言轻，说了也白说，所以仅仅是在私底下议论议论而已。新领导一看这个架势，便有些犹豫了，继续建吧，干部群众有意见，不建吧，前任领导可能有想法。所以至今为止，那个半拉子工程唱着"白云千载空悠悠"的绝唱，但让人不能忘记的是已经有两个不走运的生命因为骑车不小心的缘故为鼓楼而献了身。

小孩爱面子，是人皆有爱美之心的表现，大人重形象，同样是出于利益的考虑。纵观当今的现实，像以上那样的"形象工程""面子工程""政绩工程"比比皆是，什么广场要建得大大的，什么路要修得宽宽的，什么楼要盖得高高的，尤其是那些所谓的示范区，工业园里没有机器的运转声，养殖场里没有动物的叫喊声，种植园里有的只是普普通通的没有多少科技含量的植物，特别是那些养殖园，等上级检查的时候，便花钱雇些羊啊牛啊什么的来充数，以骗取信任和政绩，形式主义可以说是搞到了家。那些决策者们在搞这些形式主义的时候，理由充足得不得了，什么提升城市形象了，营造优美环境了，什么吸引投资了，什么创建文明城市了，等等。

我们说，所有的工作都需要样板，也需要示范，适当地建一些标志性建筑，建一些示范园区，是必要的，但这有一个基本条件，那就是必须量力而行，从本地的实际出发，尊重群众的意愿，符合经济学的要求。眼下那种养羊大市、养牛大县等一些大兴土木的做法，打肿脸充胖子的花架子，是到了应该彻底清理整顿的时候了，对于那些决策者们在搞这些形式主义浪费人民群众血汗钱，造成的损失，必须严肃地追究行政责任乃至法律责任。作为人民公仆，只有坚决按照"深怀爱民之心，恪守为民之责，善谋为民之策，多办为民之事"的要求去科学决策，民主决策，并踏踏实实地去身体力行。要牢记决策的失误是最大的失误，形式主义害死人。只有这样，我们的事业才有希望和保障。

索要发票

朋友推荐首府的一家炭火小吃店,去了一看,店面不大,但人却不少,排队等待者大有人在。因为慕名的缘故,我们也只好在店外等候。好容易有了座位,坐定后,朋友开始点菜,点了一大堆。根据我们四个人的肚量估计,是吃不完的。那位头戴绿纱巾的姑娘,脸上带着浅浅的笑容,很柔和地对我们说,先生,我建议你们还是减掉几个菜吧,吃不完,浪费了多可惜。朋友看看我,我连忙说对对对。那姑娘说谢谢,给我们倒了清茶后去送菜单。

建议顾客减菜,卖酒的怕喝十八碗,我进了半辈子餐厅,这是头一回碰到,于是我对这家炭火小吃店有了好感。

菜做得实在是好,味地道,色正派,分量足。吃得我们哥儿几个浑身透爽,就像在家里吃饭一样。看着外面还有那么多的人在等着,我说哥儿几个快点吧。朋友说你倒是好心肠。我说将心比心,都一样的。吃完了饭,我便利用坐在外边的优势,抢着去交钱。收钱的小伙子眉清目秀,一顶小白帽像昆仑山上的雪一样白。

四十八元。

你没有搞错吧?

错不了,是四十八元。

要知道，在别处吃这样一顿饭，少说也得百十元吧。

于是我递上一张伍拾元的票子。

有发票吗？

对不起，今天没有，下次给你好吗？

走吧，要什么发票。

人这么多，没有发票也是正常的，于是我们走人。

第二次去首府办事，带着我的其他朋友又到了那家炭火小吃店，人依旧很多，吃的也依旧是那样好，交钱的时候依旧是没有发票。也许是我的职业和税收有关，作为公民，我总是对纳税有那么一些敏感，总想找一切机会为纳税多做一些事情。因为我知道，我的工资最为重要的来源就是税收。这家炭火小吃店不给发票就意味着偷税。

于是，第三次吃饭的时候，我有意识地穿上了税务制服。吃完饭，还是那个小伙子收钱。他忙得头都顾不上抬。

有发票吗？

对不起，没有，下次给你好吗？

有发票吗？我再一次问。

这一次小伙子抬起了头。他一看我，先是有一点点的慌乱，然后便对我说，你在外边等一等好吗？

小伙子出来了，从一个小皮包里掏出发票，撕给了我这一次的。我说还有上几次的呢，小伙子什么也没问，乖乖地给了我。然后说了一声对不起，便又窜进炭火小吃店里去了。

我对朋友说，是制服帮我索回了发票。

父亲来信

廉洁吾儿：

上一次打电话回来，你说今年要回来看看我们老俩，给爸爸我捶捶背，给你妈刷刷盘子洗洗碗，"今年孝敬咱爸妈，当然还是脑白金"。你要向我请教你如今已是一个投资部门的头儿了，你要过节时收不收红包的问题。当时因为我正发烧感冒没有和你说清楚，几千里的远路，要说清楚那得花多少电话费呀。通过这几天的思考，现在我把自己的想法告诉你，当然，这不是最高指示，仅供你参考，为了省电话费，但更为主要的是为了方便，我写信与你。

俗话说，不孝有三，无后为大，我供养你上学读书，当初唯一的目的就是把你送出咱这个穷山村，吃上皇粮，拿上俸禄，光宗耀祖。当时粮食少啊，吃的少啊，我和你娘为了你吃过树皮，也吃过泥土，那日子难熬啊，作为不懂事的娃儿，我说的这些你可能早就忘了，忘了也就忘了，我上次看电视的时候，看到人家一个当官的，为父亲修墓就花了几十万哪，当时吓了我一跳，可后来又很眼红，从电视上得知那胡什么清的大官，钱那么多，却舍不得给老娘花，这真是不孝敬呀，不说了，你看我说这些干啥，爹没有别的意思，只是想告诉你，爹想你。你娘也想你。但为了工作，你不必回来了，这里村上、乡上的领导都很好，不像过去那样看我们就像阶级敌人一样。最近不知道为了啥，他们都上门来了，送来肉呀，饮料呀，大米、白面呀什么的，还用乡上的小车送你妈和我去了一趟医院做了体检，告诉你，你妈和我的身体都硬硬朗朗的呢。

廉洁吾儿，你想一想，如今这世道，是有钱能使鬼推磨的世道，花钱的地方多着呢，吃要钱，喝要钱，看病要钱，升官要钱，进步也要钱，生要钱，死也要钱，所以你上次问我收红包、送红包的问题，我想对于在官场上混的你来说，应该不是问题。不过为父要告诫你，这送红包的学问大着呢，你要认真研究，吃透精神，这里提几点供参考。

先说送红包，逢年过节，送红包是必然的，这也是咱们中国特色的特色。虽然每逢年关，自上到下都在强调今年过节不收礼，但中国的事情就是这样，越是禁的事情也越是猖獗，"当官不发财，请我都不来"，不就是明证吗？因此，你不要被浮云遮住了眼，承诺也好，重申也罢，都是套套，是虚的。再者，不是有"不告不查"的原则放在那里吗？你想，官不打上门客，这是古训，更是当下的形势。因此，你无论如何也要与时俱进，对你的上司要笑脸相送，诚心相送，这对你自己对你那个部门事业的发展，有百利而无一害。但你要切记，送礼只能是单身独往，做到天知地知，你知，他知，就行了。

再说收红包，红包必须要收的，你不收说明你没有权力，没有影响，没有诚信可言，送红包要诚心实意，收红包也要实心实意。要像对待尊贵的客人那样对待送红包者。但你必须切记，收红包后必须尽力去办事，凡办不成事的，红包定要如数退还，这样去做，是绝对没事的，另外，上级的红包，以及和上级有关联人员的红包一律应该列在拒收之列，切记，不要贪图一时而失去一世。另外，送红包，要看对象，不一定要亲自送给当权者本人，最好是送给他的父母、老婆、孩子，当然，要是知道当权者的红颜知己，送给她是最好不过的了，这样给当权者就留下了无限的空间。时间的掌握也要合理，干吗挑逢年过节才送呢？平时送不是更有人情味嘛，也让领导收得开心和放心。

总之，廉洁吾儿，收、送红包是一门深奥的学问，你要认真学习，深刻体会，活学活用，学以致用。要正确地处理好收与送的关系。不收不行，不送更不行，送是为了更多地收，是为了保证更为安全有效地收。愚父我先前曾教导你要堂堂正正做人，清清白白做事，这是对的，是符合那个时代的道德规范的。现在愚父我规劝你适应时代的潮流，顺应时势的变化，这是适者生存的需要，也是愚父的思想与时俱进的表现嘛，你决不能认为愚父是个朝三暮四、朝秦暮楚的人呀！

顺便告诉你，你上次邮回家来孝敬愚父我的那部啥摩托的手机，这里信号特差，用不成，正放在那里睡大觉呢。家里一切都好，勿念。我的孙子好吧，替我亲一下，噢，对了，上次电视上说娃娃不能过多地喝饮料，否则容易早熟。我个人以为，还是应该让我的孙子多多地喝别人送来的那些饮料，以便早一些成熟，好接你的班，不知你以为如何？另外，你要教育你的妻子，让她守住"口"，女人嘛，毕竟头发长见识短。再则，愚父想问一句不知你是否家外有家，屋外有花，如果有，一定要做好保密工作，安抚好你媳妇，以防家里起火和后院失火，俗话说"糟糠之妻不下堂嘛"。

再不多叙，等五一的时候有时间再回来看我们吧，总而言之，红包是必须收的，但安全第一，效率第二，否则，就不能尽快地实现全面建设小康社会的目标。（因为据愚父所知，五一虽不是送礼的最佳时节，但却是陪领导出去饱览祖国大好河山，接受爱国主义教育的最佳时节。）

愚父匆匆致笔

二〇〇三年二月十六日

多才多艺的阿乃

同学十年聚会，最露脸的要数阿乃了，穿着名牌服装，坐着高级轿车，喝着红酒，穿行在男女同学之间，行走自如，谈笑风生，嘴里滔滔不绝就像1998年的洪水一样。赢得大家一片喝彩，唱歌跳舞样样精通，挡不住大家瞠目结舌，目瞪口呆，变化最大的莫过于阿乃了。要知道当初在学校的时候，阿乃是个一见女同学自己就先满脸晚霞，嘴里就像塞进了胡萝卜一样的角色，上课回答问题，更是结结巴巴，词不达意。因此在上大课的时候，阿乃从来就不往前排坐，选择的都是犄角旮旯的位置。阿乃因此成为被同学们谈论和讽刺的对象。

问起阿乃为什么在十年之内发生了如此大的变化，而且取得了如此令人骄傲的业绩，阿乃不无自豪地说，这是我自己的秘籍，不过告诉师姐、师妹、师兄、师弟倒也无妨，谁叫我们是新时期的三铁之一呢（阿乃顺便告诉大家新时期三铁是：一起同过窗的，一起分过赃的，一起嫖过娼的），那就是唯领导马首是瞻，毫不动摇地爱好领导的爱好。

阿乃说，我的第一个领导爱好下象棋，而且住在单位的宿舍里，一天领导没事干，要和我杀两盘，我说不会，我们领导说，象棋同样也是锻炼帅才的一种途径，还是大学生呢，不会下象棋，我看前途不大，我一激灵，难怪工作几年了，踏踏实实，兢兢业业，但就是没有进步，我急忙跑到书店买来了棋谱和象棋，一个人在屋子里研习，又去摊上实习。过了几天，我主动去找局长，说陪领导操练操练，局长听到后惊讶地问我，你不是不会下棋吗？我说局长，我这几天学会了一点儿，于是我和局长干了五盘，局长赢了四盘和了一盘，下完棋我又请局长吃夜宵，局长很高兴，拍拍我的肩说：到底是大学生，学什么都快，不错，不错，好好干。其实不瞒大家，那五盘棋我本可以赢两盘和一盘的，从此以后，一有时间我就和局长楚河汉界地杀将起来，有时在上班时间内也陪局长厮杀。后来在这位局长临走的时候，我被提为办公室副主任。

我的第二位领导爱好搓麻，于是我又买了麻将入门、麻将速成等教材，并且和电脑比高比低。我知道麻将也是国粹，我不会是万万不行的，是不能适应工作需要的，于是局长知道我的水平，下基层检查工作总是带着我，不带我们的主任（主任不会搓麻），工作之余便同基层的同志切磋技艺，深得大家的喜爱，逢年过节搞比赛，麻将冠军非局长莫属，等这任局长走的时候，我已经"一条龙"地成了正主任。

第三任领导是"四化标准"的标准干部，年轻英俊，潇洒倜傥，德才兼备，兴趣广泛，唱歌、跳舞、搓麻、泡妞、足球、保龄球样样精通，于是我也不亦乐乎地补课训练。领导看我也是爱好多，业务精，于是又把我作为知己，让我不离左右，第三任领导高升的时候，我已是副局长了。

就这样，我的进步奇快，我同大家打成一片，用公款为大家办福利，谋好事，大家对我是十分支持，另外，我不断搞好业务，抽时间发表了许多的文章，同时我也注意密切联系上级领导，该跑时便跑，该送时便送，于是赢得了上级领导对我的信任。

阿乃最后总结说，所以，赖昌星说过的那句"不怕领导搞不倒，就怕领导没爱好"的话，绝对是真理。兄弟们今后要想有大的进步，一定要听兄弟我的话，把我的经历作为一种借鉴，还要发扬光大，只有这样，再过十年，我们同学中才能出更多的领导，出更多的大款。

大家听着阿乃同学的话，一言不发。

后来阿乃告诉我，他后来的领导没有其他爱好，只爱好和女下属搞零距离的亲密接触，他们单位那位阿桃，早就是他的贴身秘书红颜知己了，而那位领导偏偏又看上了阿桃，于是他们合演了一场戏，运用高科技手段搞了许多的一手资料，那领导便鞍前马后地推着他当了局长。阿乃说，因为你当初给我写过几十封的情书，所以我把这项绝招也告诉你，供你参考。但你千万不敢给宣扬出去。

变脸与包装

　　川剧中有一种绝活,叫变脸,就是在台上表演的时候,演员以快速的动作改变角色的脸,这种绝活往往都会得到满堂的喝彩,但这种绝活表演的场所实在是有限得很,只能是在台上,假如将它放在大白菜油条豆浆的世俗生活之中,别人的感觉是什么,我说不来,但作为一介平民,我是无法忍受的。但现实却与人们的愿望相反,就是这样的富于戏剧性,有许许多多的擅长者,他们的"变脸"的绝活和功夫,绝不比"台上一分钟,台下十年功"的演员们差,他们和演员们相比,可以说是青出于"变脸"而胜于"变脸",只不过他们将变脸变通了一下,换了一个好听的名字,叫作包装罢了,在现实生活中,说变脸没有多少人会知道(除非是戏迷),但一说包装,就很通俗很下里巴人了。包装的独特功效,人们已经很是清楚了,例如一些末流的演员,经过青春的奉献之后,被一些腕们一包装,在一出戏或一首歌里一亮相,便可以成"星"成"家"了,一些伪劣产品,经一些"艺高人胆大"的家伙们一包装,便成为名牌的哥们姐们,立即身价百倍,一些只码了几篇狗屁不通的公文的文人,经过批评家们的正面和反面的包装之后,便成为名人名家,趾高气扬地进这个名录进那个大全,等等,不一而足。但这些包装和我们可爱的贪官们的包装相比起来,不知又要逊色多少倍呢,那只能是小巫见大巫,如若不信,听我说来:

我们的贪官,个个是变脸的行家,包装的高手,他们知道,用包装来提高自己的知名度,增加群众的认同感,是一条走向铺满鲜花的政治之路的终南捷径。所以,他们的包装各有千秋,各具特色。

一是语言的包装。言为心声,贪官们深知,作为人民的公仆,首要的是要做出一种姿态,表明自己的志向,用自己的肺腑之言去感动群众,感染部下,激励人心。成克杰的"想到广西还有1000万人没有脱贫,我这个当主席的就觉也睡不好"的极富人情味的话,谁听了心里不是很感动,很热乎乎的呢,其心系百姓,为官一任,造福一方的公仆形象跃然纸上,但再看看他的作为,他确实是"睡不着",但不是为了1000万没有脱贫的群众,而是为了自己和情人的"脱贫",为了利用职权搞权权交易、权钱交易、权色交易。

二是形象的包装。我们常常讥笑宋人买椟还珠,其实有谁知道,那宋人其实是个高人,他自己的手上有个货真价实的珍珠,但苦于没有一个像样的包装盒,花钱买一个上档次的"椟",然后珠联璧合地送情人,以博取美人一笑,赢得美人的芳心,有何不可。而我们许多可敬的贪官们的做法也如出一辙。曾荣获全国先进思想工作者称号的原武汉市建设局局长明九斤,平时穿便宜的衣服,甚至于袜子上还有窟窿,他明令禁止干部在外就餐,自己也尽量在单位的灶上吃饭。在他的办公桌上,党风廉政手册赫然而立,他的住房是陈旧的二室一厅,由于他的表现,被干部职工誉为廉政局长,但在他受查处时,他已经收受了47万元的"拜年礼金"和"感谢费",明九斤的包装是多么的成功呀。

三是行动的包装。说破嘴皮子,不如做出好样子,行动是对自己最好的证明。四川省原交通厅厅长刘中山就是利用自己的行动来证明自己的榜样。他专门将一公司送上门来的10万元现金交到厅纪检委,以便树立廉政的形象,私下里却狮子大张口,将1300万元贪进自己人的腰包,刘中山可算是聪明人一个,但他的下场却说明,聪明反被聪明误。

四是荣誉包装。在查处的贪官中,没有一个不是荣誉等身的,地球人都知道，当然贪官们更知道，荣誉就像是一道护身符，会时刻保佑自己，但他们却忘了，荣誉的护身作用确实不小，但作用毕竟有限。

五是媒体包装。现实生活当中，人们判定一个高官是不是有了问题，往往看他们有多长时间没有在报纸上出名，广播上有声，电视上露脸。贪官是最了解党的喉舌的作用的，他们总是在媒体上下大功夫，在交际上花大气力，总是和报纸、广播、电视的老总们广交朋友，加强感情交流，舍得投入，总是不失时机地推出专访专版，为自己树正面形象。

总而言之，包装就是包装，人造美女虽然也是美女，但绝没有"清水出芙蓉，天然去雕饰的"的拙朴与纯真。从本质上来说，包装毕竟是一种伪装，仅仅是一层窗户纸，在群众雪亮的眼睛面前，它们迟早会被识破，只是时间问题而已。因此奉劝诸公，还是老老实实，本本分分，既不要"变脸"，也不要包装，"不要人夸颜色好"的好。

致悟空的一封信

尊敬的行者悟空先生：

愚弟听说玉皇大帝面对人浮于事的现状，要顺应时代发展的要求，与时俱进地进行优胜劣汰、优化组合的人事制度大改革，做到能者上，平者让，庸者下，以提高工作效率，改变机关作风。听说你也做了大量的准备工作，从网上下载了许多的参考资料，整夜不眠地进行复习，以便竞争那个老猪认为肥得流油的司级领导岗位。愚弟因为敬佩你的大智大勇，识忠辨奸的硬功夫，敬佩你恪尽职守，识大体顾大局，历经九九八十一难保护师父唐僧取得真经的敬业精神，在这里，我想以你知己的身份，给你泼几盆凉水，以便你清醒头脑，分清形势，果断决策。愚弟先给你下个总结性的结论，你不是当官的料，你先别跳，听愚弟细细说来。

第一，你的外形特征就不符合官样。你看人家猪八戒，两耳垂肩，鼻阔脸方，大腹便便，长得猪模人样的，一看就是个腐败的司级官员，你呢，尖嘴猴腮，举止轻浮，猴气十足，就连身上的猴毛都还没有进化掉，你就想去竞争那个厅级，你也不看看你是谁。退一万步说，即使你笔试过了关，你那副尊容，面试能过关吗？即使你笔试面试都过了关，在群众那里，你肯定过不了关，老百姓可是认人的，就你的模样，想进政府去上班，门卫肯定不会让你进去的，武警是认人不认猴的。

第二，你身上的正气太重。见了不正之风，你便跳将起来，破口大骂，见了妖魔鬼怪，你不分青红皂白，不问政治背景，只管让它们现了原形。好我的愚兄呢，你难道不知道，现在的"妖精"，车有车路，马有马路，谁或多或少没有些社会背景。没有些政治关系，能当妖魔鬼怪吗？难道谁都是你可以随便得罪的吗？你瞧人家猪八戒，见人说人话，见鬼说鬼话，没人没鬼时说胡话，人家在人际关系上很有一套，即使是对那些妖魔鬼怪，人家也是手下留足三分情，多一个朋友多一条路。

第三，你脾气暴躁，修养欠佳。刚出道那会儿，你就初生牛犊不怕虎，搅乱了蟠桃会，而且还嫌弼马温的官小而大闹天宫，如果这可以说是你未经风雨，未见世面，没有政治经验不成熟的话，尚情有可原，但你在五庄观偷吃了人参果后听不得小童的痛骂，一气之下将人家的果树打个稀巴烂的做法，实在是不敢叫人恭维，那时你已经历经了许多的磨难，吃了不少的苦头，但你仍旧是那么的不成熟呀。你再看看人家猪八戒，遇事多么冷静，温文尔雅，当实在没有招数的时候，便不言不语，或干脆呼呼大睡，受了气也不大喊大叫，至多扭扭头，哼哼声，一派长者风范，具备了良好的领导干部素质。

第四，你多次冲撞领导，嘴下手下都不留情。唐师父虽然是一高僧，但人性过浓，总爱以善度人，有许多的时候，唐师父说不是妖怪，八戒也说不是妖怪，而你却自恃有一双什么火眼金睛，硬是较着劲断定是妖怪，还要置之死地而后快，一点面子都不给首长留。领导不是神仙，一时犯错误也是正常的，你为什么不装糊涂呢？你瞧瞧人家猪八戒，奉行的原则是领导的话都是千真万确的，即使是错的也是对的，人家对唐师父唯命是从，俯首帖耳，是那么的有组织纪律性。

第五，你没有裙带关系，没有金钱做后盾。现在的社会，根连根，线连线，没有一定的社会关系，没有白花花的金钱铺路，你想谋个一官半职，比登天还难，你没有听民谣说：不跑不送，原地不动；快跑多送，一路上进的话吗？你没有看见过现在的官员是"边腐边升，越腐越升"，你瞧人家猪八戒多么富有远见，在高老庄就娶了家财万贯、经济基础雄厚的高老员外的女儿。而且那高老员外的背景了得，在高老庄人权财权他说了算，即使猪八戒走后，人家也在不停地游说活动，你有吗？你当然没有。你不但没有经济基础，即使你的七十二般变化，也变不出大把大把的票子，即便是你的那个所谓的金箍棒，也只是一个外表涂金的玩意罢了。

第六，你不懂吃喝，你光杆司令，你树敌太多，你不会包养二奶，你猴尻子坐不住龙墩，等等等等。

愚兄，还是听听愚弟的劝吧，要回那报名表，好生在你的花果山上吃野果，好生在你的水帘洞里享清福，说实话，不要不知足，你那可是世外桃源的生活呀，现在的官羡慕你的多的是，你要认清自我，摆正自己的位置，经常猴子上称盘——自己称称自己，掌握自己的半斤八两。

好了，话就说到此处，你还是好自为之吧。

愚弟关瘾大敬上

司马光砸缸之后

话说那司马光砸缸救了小朋友之后，荣誉便接踵而来。他被学校授予救人小英雄称号，被那县太爷接见，佩丝带，戴红花，电视台上有影，广播上有声，好不威风。那个被救孩子的父母，念司马光砸缸救下了他们几代单传的独苗苗，便欣然同司马光的父母协商，最终达成了一致，让司马光做他们的女婿，让他们的女儿做司马光的童养媳。

光阴似箭，转眼间到了秋天，正是庄户人家腌菜的日子。那缸的主人找到了司马光的父母，要求赔偿一口缸，说那缸是你们家司马光砸的，理应由你们家赔偿，大家都乡里乡亲的，我也没有过高的要求。老司马说，缸是我儿砸的不假，但砸缸是为了救人，你应该去找那被救孩子的父母才对。缸的主人一听有道理，便一溜小跑去了那被救孩子的家里。那家也正在腌菜，那小儿的父亲正叼着烟锅，在秋日的阳光中双眼微闭，沉醉其中。当缸的主人说明来意后，那被救孩子的父亲慢慢地睁开眼睛说，这缸不能由我们赔的，你应该去找那司马光，缸是他砸的，凭什么我们赔呀？缸的主人说，人家司马光砸缸是为了救你们家的孩子，人家凭什么赔缸呢。那老儿说，假如司马光不砸缸，最多是我家孩儿被淹死，而你的缸会是毛发不伤的，所以，我家没有给你赔缸的道理。缸主一听也有道理，又返回到了司马光的家里索赔。那老司马一听，肺差一点儿给气炸了，对缸主说，罢罢罢，世上哪有这种鸟人，还算是什么亲家。来，我家的这口缸，你拿去吧，把你们家那口破缸给我，我找个箍匠箍一箍，将就着用。那缸主开始一看老司马的那口缸比自家的小，腌的菜肯定不够那几个大头小子一冬天吃的，还有些不太愿意，转念一想，不论怎样，新的毕竟还是新的，也就不再说什么了。老司马说，兄弟你看，照理说，我家是应该赔口新缸给你的，实在是赔不起，你就多多担着点吧，大家都乡里乡亲的。

春暖花开的季节，老司马又遇到了一件不愉快的事情。那天，他的亲家，也就是司马光未来的泰山大人找上门来，手拿一张X光片和医院的证明，说司马光在砸缸的过程中，由于操作不当，致使他的儿子肋骨骨折，虽不治而愈，但毕竟落下了残疾，按说，我们是亲家了，不应该再说什么了，但你知道，娃儿的舅舅我是惹不起的，如今这事让他们知道了，你说咋办呢？老司马用一个边上已有不少豁口的碗倒上水，抖抖地端给亲家。说，亲家，这理我懂，可你看这个家，赔了人家缸后，我箍那口破缸的手工钱都还没有给人家工匠付呢。再说，要不是你女婿砸缸，恐怕你的儿子现在早就不在了呢。亲家，你还是算了吧，娃娃又没有落下什么大的毛病。

不几天，新来的县太爷升堂，不问青红皂白，惊堂木一拍，便判令老司马赔偿被救人家十两白银。县衙不由分说，将老司马家那头瘦弱得只剩下骨头的老牛牵到街上卖了五两银子，交与了被救小儿的舅舅。退堂之后，那小儿的舅舅便走进县太爷的后堂，将四两白花花的银子交给了县太爷的仆人。

再说那老司马，回到家里后，抽出一根棒子，对准司马光的屁股就是一顿乱打，直打得那司马光皮开肉绽，一个劲地保证以后再也不砸缸了。司马光的母亲在旁边吓得两腿直哆嗦，大气也不敢喘。可怜那老司马，一口气没有上来，便倒了下去，再也没有起来。司马光和母亲的眼泪哭干以后，便卷起炕上唯一的一张破席子，将老司马埋了。然后写了一纸休书，卷起那几卷破书，在母亲一遍又一遍的叮咛中，走出了他的那个残破的家。

口罩的功能

口罩最常见的地方是医院，其功能是有效地防止细菌，拒绝病从口入，口罩还有什么功能，从这几天的沙尘暴中可以找到答案，那就是防沙，要说口罩的其他功能，相信你一时半会不一定能说上来，让我来告诉你一个口罩的最新功能吧：据新华社报道说，生活在内蒙古阿拉善盟的牧民，给羊也戴上了口罩，这个口罩的目的绝不是为了讲究卫生，也不是为了防沙，而是为了护食。由于那里生态环境的恶化，草原沙化十分严重，放牧羊只逐年困难。牧民们怕体弱多病的山羊在争抢饲料中被踩死，就给它们戴上了"口罩"，当然这绝不是人类戴的那种口罩，而是类似于口罩的布袋子，然后在"口罩"中放上一些饲料，给它们吃偏食，以便发展畜牧业，增加收入。

看了这则报道，说实话，我没有被牧民们的聪明灵感所感动，心里却是一阵一阵地作痛。笔者至今没有去过大草原，小时候学习"天苍苍，野茫茫，风吹草低见牛羊"的诗句时，就对大草原充满了幻想和渴望，就是在今天，当电视上出现"要喝蒙牛纯牛奶，请到我们草原来"的广告时，我依旧对大草原是情有独钟，但看了这则报道后，心中的草原仿佛由美丽的少女变成了老态龙钟的婆婆，一下子对我失去了吸引力和想象力。

造成目前这种状况的原因，不可否认，有政策上的偏差失误，有行动上的急功近利，有认识上的模糊不清。在我们的意识中，更多的是眼前利益和局部利益，缺少的是长远目光和全局观念，无情的现实生活告诉我们，我们所做出的，是以牺牲了我们赖以生存的环境，以牺牲了子孙后代的利益为代价的，看似聪明，但实为愚蠢的行动。沙尘暴的肆虐，给羊戴口罩的发明，无疑是对我们曾经的愚昧最为严厉的惩罚，现在是我们应该清醒的时候了。党中央已经做出了退耕还林还草的英明决策，这既是造福于我们自己的好事，也是造福于子孙后代的大事，我们必须不折不扣地做好这项工作，这是我们对曾经的错误行为的最好悔悟，也是我们还大草原本来面目的最好时机。当然，退耕还林还草与发展畜牧业的矛盾是在所难免的，这就要求我们以大局为重，做到生态和生存并行，转变传统的生产和生活习惯，调整致富的思路，走可持续发展的路子，这才是我们唯一正确的选择。要不然，草原没有了，我们给羊戴口罩，河流污染了，我们给鱼戴口罩，空气中全都充满了污秽，我们人类总不至于每时每刻都来戴个大口罩吧？对于保护我们赖以生存的大自然，我们只有像爱护我们的母亲，爱护我们的孩子那样爱护它们，我们才能生存和发展。对于环境的保护，我们再也不能干"秦人不暇自哀，而后人哀之，后人哀之而不鉴之，亦使后人而复哀后人也"的蠢事了。

"狼来了"的思考

在我的家乡，大人们对付小孩哭闹的最有效的办法就是说那句"再哭，让狼来把你叼去"的话，究竟这句话能否真的起作用，对哪些孩子起作用，我没有也不可能进行全面的考察，但媒体上报道的几则现代"狼来了"的真实故事，我则多了几分留意。

一是原东方市委书记戚火贵，在东方市，他的话就是圣旨，就是法律，就是至高无上的金科玉律，谁敢违抗，谁就是不识时务，谁就得付出代价。以至于人们到了谈戚色变的地步，谁家的小孩哭了，只一句"再哭戚火贵就来了"，孩子便马上不再哭泣。二是河南平顶山的李长河，在临赴任之前，对下属扔出一句"掷地有声"的话来，"我李长河跺一跺脚，叫他吕净一十年喘不过气来"。戚火贵能吓住孩子的哭声，起到诸如狼来了的作用，我看这说法未免有些夸张。现在的孩子，自己就是老大，天不怕地不怕，怕谁的似乎很少。但戚火贵的话用在他的"一亩三分地"上想求得政治上的进步、仕途上的平升的大人们的身上，是绝对没有一点儿天方夜谭的黑色幽默意味的，用作家王朔的话说，我这是和你说实的，我要是和你说虚的，我就跟你说理想了。至于那李长河的话，对于那个同腐败分子不妥协，不屈服，不放弃，进行着几乎是"一个人的战争"的吕净一来说，那只不过是皇帝的新装罢了，是不能起到丝毫的震慑作用的。

戚火贵、李长河们之所以比狼还要贪婪，比那只要吃救命恩人中山先生的狼还要凶狠奸诈千万倍，不是他们自己艺有多高，胆有多大，具备了超人的绝世奇功，而是他们把人民赋予的权力变成了造福自己的政治资源和经济资源，把公共权力变成了为所欲为的私人权力。这是典型的"一个人"通过垄断公权来达到对另一个人或一群人的支配权力的集中表现。其实质是对人民的极大犯罪，对民主的极端藐视，对下属的随意践踏。戚火贵、李长河的最终被查处，吕净一的最终胜利，是人民的胜利，是公理的胜利，是正义的彰显，是正气的激扬。在人类的生存环境日益沙漠化，"天苍苍，野茫茫"的羊们、牛们已经失去了乐园的今天，野生的狼们已成了稀缺的资源，成了人们保护的对象，在法律制度日益完善而人们的道德水准日益滑坡的今天，"家生"的人狼却越来越多，给人类造成的危害也越来越大，有资料显示，腐败的发展速度，已经大大超过了GNP的增长速度。这种现象产生的原因是什么，应该怎样来治理，不能不引起人们的思考与关注。

动物宣言书

老虎：谁说老虎的屁股摸不得，从今天开始，本人公开申明，拍卖摸屁股权，一天仅限 18 人，每摸一次 298 元，取你发我发之意。本人郑重承诺，只要先交钱后摸，绝不伤人。但有一条，必须戴手套，本人怕非典，怕禽流感。

蝙蝠：说我禽不是禽，兽不是兽，你们忘了，你们自己还人前说人话，人后说鬼话呢？

兔子：说什么狡兔三窟，纯粹是只许州官放火，不许百姓点灯，官员们还有二奶、三奶呢？

螃蟹：说我横行，我认，说我霸道，我不服，我有大盖帽霸道吗？我有贪官横行吗？

公仆豪吃与总理擦碗

在电影《周恩来》中，有一个很感人的细节，那是邢台大地震之后，周总理飞往灾区慰问群众，他与群众一同席地而坐，一同吃家常便饭。饭是窝窝头，稀饭加老咸菜，周总理在喝完稀饭后，掰了一块窝窝头，将碗里的稀饭擦干净后吃了下去。这就是我们的人民总理的公仆形象，与此相反的是，我们现在的有些公仆，"一顿饭，一头牛，屁股底下一座楼"，更有甚者如最近新闻媒体披露的陆丰市的公仆们，一顿饭吃掉一两万元，真是触目惊心，叫人沉思。

按说，像陆丰这样经济不发达的地区的公仆们，办事应该节俭，花钱应该小气些，应该有一分钱掰成两半花的艰苦奋斗的精神，但是事实却相反，他们坐高级轿车，吃生猛海鲜，喝高档洋酒，住高级宾馆，有的借考察之名，行游山玩水之实。

在当家理财方面，群众有句俗话说得好，富日子要穷过，穷日子要算计着过，这与我们今天所提倡的艰苦奋斗、勤俭节约的精神是一致的。可我们的那些经济欠发达的地区的公仆们为什么不事节俭，充当穷庙里的富方丈呢？其原因是多方面的，一是碍于情面，认为如今办事，再讲节俭，与社会时尚不符，与开放格局不符，是思想观念不解放的表现，于是便打肿脸充胖子。二是好讲排场、攀比。人家盛宴款待了自己，自己也不能让人家小瞧了，礼尚往来，理所当然地要热情款待。三是认为花的是公家的钱，落的是自己的人情，网罗的是自己的关系，公吃公喝，何乐而不为，况且有权不用，过期作废，白吃谁不吃。

吃，是人类生存的自然法则，但由于理想信念价值观的不同，不同的人对于吃有着不同的选择，有的人活着就是为了吃，比如那些在人民大厦吃吃喝喝的公仆们，而有的人吃是为了更好地活着，而且是为了人民的利益为了群众的幸福而活着，他们"吃的是草，挤出来的是牛奶"，比如我们敬爱的周总理擦碗，比如我们可敬的孔繁森白雪就馒头。

艰苦奋斗、勤俭节约是我们的优良传统，任何时候都不过时，任何时候都需要发扬光大，我们的各级领导干部，尤其是经济不发达地区的领导干部，更应该树立过紧日子的思想，立党为公，执政为民，发扬厉行节约、勤俭建国的精神，办任何事情都应该斤斤计较，精打细算。只有这样，我们才能真正赢得人民群众的拥护，树立清正廉洁的形象，也才能真正带领群众全面建设小康社会，实现中华民族的伟大复兴！

警惕红包的"毒性"

但凡国人办事,爱讲求个名堂,所谓的名不正则言不顺,言不顺则事不成,用时尚的话说,就是抢抓机遇。新春佳节就要来到,这是一个最好的战略机遇期,拜拜大年,说说祝福的话,增进相互的了解和感情,此时最不能少的便是送礼,什么孝敬爸妈脑白金,什么黄金搭档补充维生素,这是人之常情,没有什么可说的,但在"礼"的大军中,最实惠的,当数红包了。本来,红包体现的是中华民族传统的喜庆,是红红火火、恭喜发财的象征,但国人爱变通,所以,现在的红包已经变了颜色,在无形中充当起了敲门砖和"交际花"的角色。

古人说,上有所好,下必甚焉,在一切都讲究经济效益的今天,红包无疑是另一种形式的投资,奉送者的目的很明确,就是为了让红包成百上千地增值,在于放长线钓大鱼,以人情做幌子,行钱权交易、钱钱交易、权色交易之实。无数的事实已经证明,收红包往往是受贿的前奏。我们的许多官员,刚开始的时候能抵得住赤裸裸的金钱的冲击,但经受不住红包的糖衣炮弹,像温水中的青蛙,在温情脉脉的渐次升温中失去警觉与醒悟,以至于落得个惨死的下场。人称红包书记的原福建政和县委书记丁仰宁,任书记不到三年,收受的红包竟达到一百多万元,事发后他交代,收红包时"心里只有喜悦,感觉到的是权力的甜头"。

中医认为，一切事物，本质上来说，都有毒性。红包的表象之美，本质之恶毒，由此可见一斑。红包也是败坏社会风气，损坏党群干群关系的罂粟。能送红包者，大多是有权力的单位，有权威的官员，有实力的私有企业者，能接受红包的，往往是有更大权力的单位，有更大权威的官员，那些普普通通的小老百姓，那些下岗失业的弱势群体，除了逢年过节党和政府雪中送炭只能买米面的红包之外，绝没有锦上添花的红包来装门面，撑腰包。

红包送出者和受益者是个人，而损害的却是公共利益和公正公平，是对社会道德价值体系的无情讽刺。我们要加强党的执政能力建设，密切党同群众的血肉联系，提高党在群众中的威信，保持共产党员的先进性，其要求是多方面的深层次的，但在春节来临之际，提高防腐拒变的能力，加深对红包危害性的认识，杜绝红包的流行，过个清正廉洁的春节，当不为过分的要求吧？

救救大人

女儿才上学前班，一天回来后对我说，爸爸，我们老师说了，要是有高年级的同学借我们的水彩笔，就让我们说没有。我说，那不是让你们说谎吗？女儿眨眨眼睛说，可高年级的同学借我们的水彩笔后就再也不还了，你说应该怎么办？我摇摇头，我确实不知道应该怎么办。

综观时下的社会，假的东西泛滥成灾，什么假烟、假酒、假药、假服装、假学历、假币，甚至于假官、假政绩等等。对我们历来倡导的诚信构成了极大的冲击。为什么假的东西会有如此巨大的生命力，有如此广阔的市场呢？分析其中的原因，不外乎一条，那就是利益驱动。女儿的老师之所以教小女说谎，是为了保护自己学生的学习用具不被别人骗去，女儿之所以说谎，是因为为了做个听老师话的好孩子，也是为了保护自己的水彩笔，免受家长的责骂。保护自己的财物，是对的，但老师采取的方法却是以牺牲诚信为代价的，这是十分错误的。

记得小时候，我们从小喇叭里天天听到的都是外国关于诚信的那个—说谎鼻子就变长的皮诺曹的故事，还听到的是中国的关于诚信的那个叫狼来了的故事。由此可见，我们缺少的不是教育的素材和时机，而是缺少教育实践的基础和形成教育长效机制的社会氛围。

我们说，不诚信事例的大量存在，绝不能成为我们怀疑诚信的借口和理由。我们之所以推崇诚信,一方面是诚信的可贵,另一方面是欺骗的可耻。如果没有虚伪和背信,也就失去了诚信的本义,同样也就失去了全社会提倡并努力实践诚信的基础。我们的民族历来有讲究"仁、义、礼、智、信"的传统,重视的是说老实话,办老实事,做老实人,并不是一个"天生爱好欺骗的民族"(孟德斯鸠《论法的精神》)。诚信是立国之本,养身修德之基,更是时下我们市场经济的支柱。现实生活告诉我们,诚信就是财富,履行诚信,必能被诚信所善待。大人们,请从我们自己做起,从现在做起,用自己良好的言行,为我们的下一代树立践行诚行的模范。鲁迅先生曾大声呼喊"救救孩子",在这里,笔者也要呼吁,要救救孩子,先救救大人吧!

尊严的价值

郑州两名刚刚结识的民工去饭馆吃饭，其中的一名中途以方便为由偷偷离去，留下的老年民工因无法拿出三十六元饭钱，被饭馆老板捆在门前的电线杆子上达两个多小时，老板还将滚烫的鸡蛋汤无情地浇在他的身上。当警察得知情况赶来解除危险后，那位老者说的第一句话却是"我无论如何也要把你的饭钱还上"。

稍有理性的人看了这篇报道，首先都会谴责那个饭馆老板的无良行为，会对那个中途离开的民工进行批评，更会对那位受了委屈的如同乡村田野里的泥土般的老年民工产生深深的同情。按照年龄，这位老年民工应该算是我们的父辈，他同许许多多的父辈们一样，在受到委屈和无助后，首先想到的不是谴责那些给了自己灾难性侵害的人，而是想着"无论如何"也要把"你的饭钱还上"。笔者对这位老者产生的是一种无比的敬意。他的言行，不仅体现了以德报怨、忍辱负重的民族精神，更体现的是自己为人处世的尊严和人格。

分析这位老者受骗的原因，乃是他听信了一个也许也是正饥肠辘辘而无法拿出饭钱的工友的谎言，以一颗"天下无贼"的纯朴之心来对待人和事，才导致了被羞辱的结局。

农民工是一群特殊的劳动者，城里最脏、最苦、最累的活，是他们赖以生存的生计，城市经济的发展，无疑有他们辛劳的汗水。但反观我们的许多用工者们对待农民工的态度，有的轻则扣压身份证、克扣工资，重则便是霸道地让下跪、蛮横地搜身，甚至于大打出手，进行流氓式的人身侵害。这些行径，都是对我们的农民工没有给予起码的尊重和信任的表现，是一种对人权的严重侵犯。

我们说，人之为人，尊严是立身修德的根本，农民工当然也是人，是人，就应当享有法律赋予他们的自由和权利。当代大儒梁漱溟曾说："中国文化之最大偏失，就在个人不被发现这一点上。"试想，如果没有了对人的尊严的普遍尊重，没有了对人的自由的普遍尊重，没有了对人的生命的普遍尊重，那么，任何悲剧都是可以上演的。劳动者是社会发展的永恒而重要的动力，如何对待劳动者，是检验一个社会是否健康的很重要的标志之一，从这个意义上来讲，就应当更多地理解农民工、关爱农民工、信任农民工，给予他们生活的尊严，只有这样，才能体现人文关怀，体现以人为本，促进和谐社会的全面发展。

人文素养亟待提高

小学生的书写中有错别字，中学生的作文句子不通，大学生的论文逻辑不清，在人们的交往中，时有白字出现，这已经不是什么新鲜事了，再者说了，也没有什么大不了的，但作为一名文化人，出现白字，特别是在公共场合出现白字，那就是很不应该而且是很丢面子的事了。最近，作为我国最高学府的清华大学就发生了这样一件很不应该的事情。5月11日，宋楚瑜在清华演讲时，清华大学的校长顾秉林向宋楚瑜赠送黄遵宪先生写给梁启超先生的小篆书法《赠梁任父同年》，当念到"侉离分裂力谁任"时，被"侉"卡住了，同时，他还把向宋楚瑜赠送礼物说成了"捐赠"礼物，引起了学生的哗然。但事情远没有结束，在12日中央电视台国际频道《宋楚瑜大陆行》节目中，特邀的清华大学国际问题研究所副所长刘永江教授，除继续将"侉"字读白外，还将"小篆"说成莫须有的"小隶"。小篆难认这不假，作为校长和教授，我们不能苛求他们都成为书法的大家和专家，但作为一次庄重严肃事关两岸关系的活动，作为东道主的顾校长事先"预习"一下，应该不算是过分的要求吧，但他没有做，再退一步说，在现场卡住后，应该放下架子，向学生们请教或向宋先生请教，也应该不算很丢面子的事情吧，不知道是校长大人太忙，还是太自负；作为刘教授，似乎就更不应该犯同样的错误了，既然有校长大人的教训在先，为什么就不吸取教训呢？

先人孔老先生曾说，知之为知之，不知为不知，是知也。作为校长和教授，在他们的身上发生这样的事情，实在是让人难为情，尤其是曾出过许许多多国学大师的清华大学。我们一直以五千年的悠久文化而自诩，清华也一直以人文学术著称，但发生这件事后，就不能不让人思考一些问题，比如办学方针的问题，学生综合素养的问题，等等。我们不能否认，这些年来，我们忽视了对包括小学生乃至大学生的人文素养的培养，在专业的设置和选择上，英语、计算机、经济管理等等所谓热门专业很受欢迎，而文史哲等人文学科专业却遭受白眼。在我们的基础教育中，整天在喊素质教育，但还是分数挂帅，高考指挥棒在那里指引方向，没有很好地对学生进行人文知识和人格品质的培养，不夸张地说，人文素养的教育是严重缺失的。经济的竞争，讲到底是人才的竞争，是综合国力的竞争，这是经济全球化的不以人的意志为转移的必然趋势。现在，全社会都在讲和谐社会，讲人的全面发展，从这个意义上来说，提升全民族的科学文化素质，是当务之急，但提升全民族的人文素质，也应该是题中之义。如果只重视科学文化素质，忽视人文素质的培养，则人类所特有的感情、理性，特有的境界将统统异化，最后摧毁的将是人类长久以来营造起来的精神家园。希望我们的教育家们，在做好专家的同时，也做一个学高为师、德高为范的优秀的"杂家"，为我们的明天培养出更多更好的合格的建设人才来，只有这样，我们的明天才会更美好。

官员的道歉

道歉，是做人的一种艺术，是人格品质高尚的表现。凡人的道歉，时常可见，官员的道歉，尤其是现代官员的道歉，却很少见，但并非没有，北京市市长王岐山同志就是一例，这里举出几例。

一是2004年，北京市为了节约用水，拟对居民生活用水实行阶梯式收费，这一举措受到了市民的广泛关注，但到了下半年，北京市发文暂缓这一做法。原来，通过调查，王岐山同志发现北京居民现用水表根本没法定时计水，实施阶梯用水的技术手段不存在。

二是2005年冬天有些地方的供暖出现了问题，王市长向市民道歉说："魔鬼就在细节之中，我得向市民道歉，没注意到，大意了。人不可能不犯错误，但不能犯重复的错误。"

三是有一次和外宾见面，外宾迟到了，当得知是由于堵车时，王市长反过来给外宾道歉说，对不起，您因交通堵车迟到了，是我市长没做好交通工作。

纵观以上道歉的事例，虽然都是一些很小的事情，却都是和老百姓的生活息息相关的事情。从这些细节上反映出来的是我们的官员们不再是高高在上，而是真正成为了处处、时时、事事为老百姓服务、着想的公仆。眼下，我们正在大力提倡构建社会主义和谐社会，提倡以人为本，建设服务型政府。我们说，建设服务型政府，不是喊喊口号、做做样子就能解决问题达到目的的，关键是要像王市长那样，在抓好经济工作的同时，时刻牢记涉及千家万户老百姓的生活细节问题，像王市长说的"基础工作做好了，什么都好办"。只有这样，我们才能真正做到以人为本，和谐发展，做到社会主义物质文明、政治文明和精神文明的同步推进，实现全面建设小康社会和中华民族伟大复兴的宏伟目标。

我们怎样做父亲

有两则报道和一则寓言很让人值得思考。一则报道说的是原浙江省委常委、宁波市委书记许远鸿"充分"运用人民赋予的权力，为其儿子谋取私利二百九十多万元，东窗事发，父子同进看守所，共端大海碗。另一则报道说的也是父子两人，父亲是刚刚去世的曾名震四海的"狼牙山五壮士"中的葛振林，曾令葛老不安的是他的三儿子由于不能自警而染上了吸毒的恶习，更为可恨的是他竟然偷了葛老的军功章去换取白粉，那葛老不愧为一代英雄，毅然决然地将不孝之子送到公安局，接受再教育。令人不解的是公安局居然怕伤英雄的"面子"而"犹豫不决"，葛老语重心长地说："他是我儿子，但他更是普通公民，王子犯法与庶民同罪，如果不教育他，既是害了他自己，也会在社会上留下骂名，怎么还能顾及我的啥脸面呢？"

有则寓言是《狮子训子》，说的是小狮子刚出世不久，狮妈妈便狠心地将自己幼小的孩子一次一次地推向山涧，让它在危险中苦苦挣扎、摔打。那幼狮为求生存竭力往上爬，跌得满身伤痕。就这样一次一次，狮妈妈用不近"狮"情的方法，残酷地训练了孩子的真本事，教会了自己的孩子怎样在恶劣的环境中独立自主地求生存、谋生路，也教会了自己的孩子怎样用自己的辛勤努力去成为百兽之王。

同是教子，许远鸿凭借的是自己的权力，纵其所作所为，顺其所好；葛振林却是不顾面子,大义灭亲,不要特权。两个父亲都是"名人",但做法却截然相反。在父子同进铁窗的那一刻,许远鸿不知作何感想,是怪自己,还是怪儿子,是父亲害了儿子,还是儿子害了父亲;"养不教父之过",作为父亲葛振林生前也同样是有感想的,他内心肯定也很痛苦,恨铁不成钢,恨自己管教不得力。但有一点可以肯定,他用自己的行动证明,他是一个称职的父亲,他是一个负责任的父亲,是一个无愧于国、无愧于民、无愧于子、无愧于自己英名的令人尊敬的父亲。

朱自清先生有五个子女,而他对待子女的观点是:"神而明之,百乎其人。光辉也罢,倒霉也罢,平凡也罢,让他们各尽各的力去。"此言乍听极不顺耳,也与常理相悖,但常言说,父母的心在儿女上,儿女的心在石头上,朱自清绝不是那种不负责任的不合格的父亲,而只是希望自己的儿女好自为之,奋发图强,自求上进,不要借父亲的名气和面子作为"无形资产"去争名夺利。而鲁迅先生则说的更为明了:"自己背着因袭的重担,肩住了黑暗的闸门,放他们到宽阔光明的地方去,此后幸福的度日,合理的做人。"

望子成龙,望女成凤,这是每一个父亲的心愿。如何使子女成龙成凤,则因父亲不同而大不相同,生活中,父亲为子女们设计的路千条万条,但作为父母,要牢记一点,教育子女,首要的是要像狮子那样冷若冰霜,心似烈火,要教会子女们自立自强,使他们依靠自己的努力,凭借惊人的毅力去拼搏,去学习,去进取,去走向"铺满鲜花的路",而不要用特权谋私利,走捷径,众星捧月,溺爱有加,为儿女们"造福"。

就在将要结束这个话题的时候,新闻说少年绑架杀害同学,上高中的儿子残忍地杀死亲生母亲,这些报道令人窒息。综观现在的时代,虽不同于鲁迅先生所处的时代,但依旧有"因袭的重担"和"黑暗的闸门"。作为父亲,就该适应时代,认清事理,挑起"重担",挡住"闸门",不要让自己的儿女们心理上畸形,知识上匮乏,变成四肢发达,头脑简单的"植物人"。

父亲们，请记住"自古雄才多磨难，从来纨绔少伟男"，"不经一番寒彻骨，哪得梅花扑鼻香"的古训吧，儿女们，谨记另一位长者的"流自己的汗，吃自己的饭，依靠父母不是好汉"的教诲吧！

学位与学问

有两则新闻，放在一起比较地看，很有些让人思考的意味。一则新闻说全民阅读与购买倾向抽样调查表明，从1998年到2003年，国人的阅读率下降8.7个百分点。2003年，国人识字者中图书总体阅读率为51.7%。另一则新闻是有关金庸先生的，在得知自己已获剑桥"荣誉博士"学位后，金庸先生向剑桥提出希望利用四年的时间攻读硕士和博士学位。当记者问80岁的金庸先生为什么要执意攻读学位，重返校园？金庸先生的回答是："我来读书不求学位只求学问。我在浙江大学担任文学院院长，有人说我学问不好，不够做院长。别人指责我，我不能反驳，唯一的办法就是增加自己的学问。"

有人在分析国民阅读率下降的原因时，说一方面是国人的阅读习惯发生了变化，另一方面是工作太忙没有时间读书。不可否认，现代科学技术的发展，为人们获取知识提供了更多便利、有效的途径，读书不再是唯一的手段，什么报纸、网络、电视等等都成为人们可供选择的模式，但也必须承认，读书，仍旧有它的独特优势，它不受时间、地点、空间的限制，灵活性很强，作为纸质媒体，它易保存、易查找。说人们工作忙，这不假，现代社会竞争越来越激烈，人们的压力也是越来越大，用于读书的时间相对来说是少了，但是我们不能否认的现象是，酒场上一坐半天，麻将桌子上动辄半宿，难道就没有时间来读书吗？分析其中最为重要的原因，一方面是现代人的功利性太强，只读那些对自己工作生活有关的书籍，而那些所谓随便翻翻的有关提升人们人文素质的闲书，却很少有人涉及，更不要说是好读书、乐读书了。另一方面，现代的书有些要么价格太高，让人买不起，要么全是些什么速成之类，让人看不上，要么就是什么什么全攻略之类，让人看得烦，没有太高的益智、益寿的作用。

金庸先生80岁求学这件告诉我们，学习知识是老老实实的事，来不得半点虚假，活到老，学到老，是人们应该追求的价值取向。知识，除了学习，没有其他的终南捷径可走，"书山有路勤为径，学海无涯苦作舟"说的就是这个道理。另一方面，金先生高龄求学还显示出人类的社会角色应该如何"归位"的问题，用老百姓的话说就是"该干啥干啥"的问题，金先生是治学的，他就应该全心全意地去治学，而那些在位有权当官的，应该放弃那些用钱买学历的勾当，老老实实地依法执政，为民谋事。当然，我们不能否认他们利用业余时间读书学习、提高自身综合素质的做法。

培根先生在《论读书》中说，读书足以怡情，足以博彩，足以长才。这已经把读书的功用概括得很全面了，书籍是人类进步的阶梯，更是阐明了书的重要性。宋人黄庭坚说三日不读书，便觉语言无味，面目可憎。毛主席曾说，一天不学习，赶不上刘少奇。知识经济全球化，现代社会的竞争，不光是科学技术的竞争，更是人文素质的全面竞争。十六大提出建立学习型社会，提倡以人为本，正是基于提高综合国力来考虑的。因此，我们有关部门应该着力营造良好的社会阅读氛围，形成好读书、乐读书、以读书为荣的社会风气，大力提倡尊重知识，尊重阅读，尊重创造，采取灵活多样的形式，鼓励人们多学习，善提高，使人们懂得，真正的财富并不是生不带来死不带去的金钱，也不是头顶桂冠的虚名，而是实实在在的知识。知识，只有知识，才是真正的财富和力量。

要坚决克服思想的"亚健康"

在医学上，亚健康状态是指无器质性病变的一些功能性改变，又称第三状态或"灰色状态"。因其主诉症状多种多样，又不固定，也被称为"不定陈述综合征"。它是人体处于健康和疾病之间的过渡阶段，在身体上、心理上没有疾病，但主观上却有许多不适的症状表现和心理体验，比如浑身无力、容易疲倦、思想涣散、心烦意乱、头脑不清爽等等。现代医学研究表明，造成亚健康的原因是多方面的，例如过度疲劳造成的精力、体力透支；人体自然衰老；心脑血管及其他慢性病的前期、恢复期和手术后康复期出现的种种不适；人体生物周期中的低潮时期；等等。亚健康虽然没有生命的危险，但存在着极大的隐患，从人体健康的角度看，不能不引起人们应有的重视。

与人身体的亚健康相比，现在不少人的思想也存在着"亚健康"的状况，其主要症状就是人思想的"养分"流失，价值取向失衡，道德标准错位，导致精神颓废、理想崩溃，甚至走上腐化堕落的道路。在改革开放和社会主义市场经济的条件下，受社会上一些不健康、消极的东西的腐蚀、侵害，有些人经受不住冲击和诱惑，导致精神世界的"水土流失"，造成思想的"亚健康"。其主要表现在：一是精神颓化，思想空虚，欣赏和追求低级趣味，不信科学信迷信；二是信念淡化，理想动摇，缺乏精神支柱，陷于名利诱惑而不能自拔;三是意志退化,贪图安逸,不思进取,享乐主义思想潜滋暗长;四是敬业惰化,安于现状,在其位,不谋其政;五是服务弱化,密切联系群众、服务基层的意识淡薄,搞"自我服务",甚至"倒服务";六是道德蜕化,道德标准低下,损公肥私,损人利己,缺乏诚信,丧失做人的起码准则;七是人际关系庸俗化,溜须拍马、阿谀奉承、阳奉阴违成为一些人的处世法则,讲人情不讲原则,讲关系不讲党性。

思想是行动的先导。错误的思想必然导致错误的行动。思想"亚健康",如同潜伏于人体内的病毒,虽然一时还不致引发重症,但如果不及时加以遏制,病毒就会滋生蔓延,进而损坏人的身体。如何消除思想上的亚健康呢?一是要强化党性锻炼。要坚定理想信念,坚持正确的政治方向。要对党忠诚,自觉遵守党的纪律,维护党的团结,认真开展批评与自我批评,树立正确的人生观、价值观和政绩观,处处用党员标准严格要求自己,忠实地实践"三个代表"重要思想,竭尽全力为党工作,全心全意为人民服务。二是要树牢为民理念。要坚持立党为公,执政为民,牢记党的宗旨,牢记为民的职责,坚持从群众中来到群众中去,用自己勤奋的工作,努力做到权为民所用,情为民所系,利为民所谋,使自己真正成为一名合格的共产党员,成为先进性教育的带头者。三是注重自身形象。良好的形象,不仅是一个党员的威信所在,更是一个人人格魅力的体现。作为一名党员,一定要学好理论知识和市场经济的知识,掌握好为人民服务的本领。要奋勇争先,真抓实干,要说实话,办实事。要清正廉洁,无私无畏,既经受住大风大浪的考验,也经受住小事小节的挑战。要勇于追求真理,修正自身错误,虚心接受他人的意见和建议,大事讲原则,小事讲风格,保持共产党员的先进性,用自身良好的形象来引导群众,带领群众,教育群众,为建设社会主义和谐社会做出自己应有的努力。

智叟的疑问

话说终于有一天，河曲智叟一命归天。归天后被玉皇大帝召见，见面后，玉皇大帝态度和蔼地对智叟说，你的那位邻居还好吧，智叟知道玉皇大帝问的是愚公的情况，一听，气便不打一处来，他嘬着嘴说，他呀，日子过得美着呢，整天有吃有喝，比陶渊明还悠然呢。紧接着，智叟便质问玉皇大帝：那愚公要"子子孙孙无穷匮也"地将山挖将下去，您为什么要"一厝雍南，一厝朔东呢"？他的身上那么多的毛病，你为什么要帮他呢？玉皇大帝反问，他的身上都有些什么毛病，你来分析分析看看，体现一下你的"智"好不好？

于是，智叟便发挥自己的聪明才智，将其中的原因分析如下：

一是愚公主观主义严重。愚公世世代代生活在大山之中，过着日出而作，日落而息的日子，他本应该知足常乐，安安分分地过日子，但他却老来突发奇想，要搬走门前的大山，虽然他懂得发动群众的道理，举全家之力，还用糖果哄着那"始龀"的邻居之遗男"跳往助之"，但毕竟是人力物力有限，运输工具欠缺，"寒暑易节，始一返焉"。他这是违反客观规律的表现，是严重的主观主义的表现，是劳民伤财，是大搞形象工程的举动，从人与自然和谐的角度来看，他这又是破坏生态环境的愚蠢行为。我就想不明白，他为什么不在您老人家这里争取一个国债项目，搞移民搬迁，或是开山凿洞，修一条高等级公路，非要死钻挖山的牛角尖呢。

二是愚公不善于纳谏，没有气量。您想，我智叟的智是出名的，我那是头悬梁刺股地苦学来的知识，可我在好心好意劝愚公时，那愚公却说我"汝心之固，固不可彻"，真是可笑之极。现在想来，我当时劝他，纯粹是对牛弹琴。实话对您说吧，后来他的儿子和儿媳都找过我许多回，就连他的孙子也恳求我，再去做做工作，讲讲道理，但我都没去，我知道，"道不同，不相与谋"。我看不惯一家人的辛苦，只好周游列国，眼不见心不烦。

三是愚公没有民主意识。挖山，那是涉及全家人的大工程，应该由大家共同讨论，决定是否挖山，怎样挖山，而且还应该请像我这样的专家来论证论证挖山的可行性。但那愚公却自作主张，任凭自己拍脑袋决策，说干就干，他的老妻知道他一贯的霸气，心想凭着几十年的夫妻感情，自己说个意见，应该没有什么问题，但那愚公却一拍桌子说，你是一把手，还是我是一把手，你是家长，还是我是家长，闭上你的臭嘴。弄得全家人没有一个高兴的。

总之，要不是您玉皇大帝的仁慈和善，讲究以人为本，普度众生，还不知道那愚公的子子孙孙要受苦到什么时候呢。现在他们可都好了，盖起了愚公度假村，办起了移山展览馆，成立了愚公旅游有限责任公司，愚公亲任顾问，子女个个有股，日进斗金，生活在天堂之中。我虽然有知识，有文凭有学历，但终究是造原子弹的不如卖茶叶蛋的，在来您这里报到之前，存折上的存款还没有超过五位数呢。

听到此处，玉皇大帝拍拍智叟的肩膀说，你的分析是对的，但你还是书生气太浓。现在都市场经济了，要不是那愚公的孙子拿着贵重的礼物来三番五次地求我，我会轻易地帮他们解决挖山的问题吗？好了，你也不要有什么怨言了，知识分子嘛，不要把钱看得那么重，还是以研究学问为主的好，你快去认真准备你的博士后论文去吧，论文题目就叫《愚公移山可行性之论证》。

听了玉皇大帝的话，智叟什么也没说，走了。

戒贪贵在责己

据说汉朝末年的陆绩在做郁林太守时，为官清廉，不贪财货，一身正气。离任之时，因为船太轻，怕渡海时不安全，便命家人搬了一块巨石镇在船里，回到他的老家吴郡后，便把这块巨石遗弃在田野里。家乡人有感于陆绩的廉德，便称此石为"郁林石"，成为一方风景。到了明代弘治年间，巡按御史樊祉大概也是为了给下属们树立一个倡廉戒贪的"典范"或"榜样"吧，让人将那块"郁林石"移到了监察院的旁边，还专门给"石头老人家"盖了一座豪宅，把"郁林石"供在里面，正式更名为"廉石"，还不时地组织大小官吏们前往进行"警示教育"。清朝康熙年间，陈彭年在掌印苏州时，趁修葺州府学堂之机，将廉石三移其地，搬进府学之内。其意在于从正面对生员进行勤政廉政的操守与品德教育，可算是费尽了心机。

与"廉石"相对的，还有一则"贪泉"的故事。据《晋书》记载，吴隐之被任命为广州刺史，赴任经过一个叫石门的地方，听随从说那里有一处泉水，传说饮了此泉之水，任何人都会性情大变，从此贪吃贪占直到终老，人们把那泉水叫作"贪泉"。吴隐之先生就是不信那个邪，便执意前往，他饱饮了甘甜的泉水之后，赋诗一首："古人云此水，一歃怀千金。试使夷齐饮，终当不易心。"到任之后，吴先生更加谨慎小心，吾日三省吾身，勤政廉政，体察民情民意，恪守为人为官之德，最终成为一名为当地百姓称道的清官好官。

贪是一种恶欲，更是一种恶德。佛家亦把它列为贪、嗔、痴"三垢"之首，不仅如此，在汉语中凡与"贪"字有"血缘"关系的词，什么贪色、贪污、贪赃枉法等等词语，没有一个是"赤色分子"。去贪是艰难的，朱元璋用人皮做鼓都没有镇住多少贪官，更何况后人的杀鸡给猴看能有什么作用。这些年来，我们在廉政建设上，也做出了无数的探讨，像什么从孩子抓起啊，什么廉内助啊，什么高薪养廉，等等等等，但都收效甚微，这不能不引起我们的警示和思考。贪是一种主观的东西，但起决定作用的还是贪者内心的自我放纵，自我享受永无止境的欲望。

廉石也罢，贪泉也好，只是寄托了人们对倡廉去贪的一种善良的愿望。你要指望他们在反腐工作中能起什么作用，那只能是老百姓的话，指屁吹灯——不可能的事！随着经济社会的发展，随着物质文明程度的提高，人们对物欲的享受与追求越来越多样化、功利化，这就给廉政工作提出了难度极高的要求。去贪的手段和方法可以有千条万条，依笔者愚见最主要的不外乎，一是有切实可行的制度，保证为官者不敢贪，这就要使贪的成本上升至极致；二是提供必要的物质保障，当然这也必须在制度允许的范围之内，确保为官者"不愿"或"不屑"贪；三是建立一种慎独的机制，保证为官者"畏天命，畏大人之言，畏法度"的三畏境界，保证自己"常在河边走就是不湿鞋"，管住自己的嘴，管住自己的手，管住自己的亲属。

做人不易，做好人难；做官不易，做好官更难。为人做官，立身行事还是记取"廉石""贪泉"的古典为好！

偷菜与富人的社会责任

要说起目前最为流行的游戏，在我看来，没有比偷菜更为迷人的了，偷菜真是一个天才的设计。说它天才，除了它满足了国人自私自利的心理，满足了国人追求财富的虚荣心以外，更为重要的，我以为是它所设计的每个人的财富可以允许他人合法地"偷"去一定比例的制度，是公正的，合理的，为人们能接受的，相当于让他人上了"税"。这让我想起了富人的社会责任。

这个时代，有许多关于富人的负面新闻，如富人驾车撞死老百姓，富人在国家自然保护区内修建豪华墓穴，富人比阔搞什么黄金宴。但也有让人感动的富人，比如美国的比尔·盖茨，他已经向社会慈善事业捐赠了二百五十六亿美元，还要在死后将自己全部财产的百分之九十八留给自己创办的专门用于研究艾滋病和疟疾的基金会。还有香港的邵逸夫先生，他每年都要拿出资金支持内地建设逸夫小学。如华侨富商陈嘉庚，斥巨资办厦门大学和集美学村，而自己却穿布鞋旧衣，过朴素的生活。实业家田家炳先生，多年来不断捐助国内教育事业，变卖了自己的豪华别墅，租公寓住，把一千多万元用于国内助学，其精神令人敬佩。一直热心公益的成龙，日前在内地出席一场大学生联谊会时再度强调，他身后要"零存款"，将所有财产捐出做公益；除此之外，成龙还要捐出六间古厝，在台北县设立"成龙古建筑展示区"。

财富阶层的产生固然离不开个人的智慧和努力，然而，更重要的是国家政策和社会财富的保障和支持。因此富人们更应该积极响应政府提出的构建和谐社会的号召,切实承担起自己应该承担的责任,不断发展自己的事业,更多地创造财富,更多地上缴税收,更多地安排就业,更积极主动地关注社会弱势群体。古语说,"天之道,损有余而补不足"。在仍旧存在收入差距和贫富差距的今天,富人们需要树立正确的理性的财富观念,以"拥有财富就是拥有社会责任"来规范约束自己的言行,用责任来反哺社会,用自己的善举来回报社会。富人们因为占有的社会资本或资源比穷人要多,就应该相应地承担更多的社会责任,这不是无理的要求,而是成熟富人的标志。这些年来,许多富裕起来的人只想到自己和自己的小家,却忘记了对社会、对国家和子孙后代的责任。见利忘义、损人利己、损公肥私、急功近利、信仰沦丧、责任淡漠、诚信丧失。自己得到了想要的东西,却忘记了自己还要担当的道义。在这些人眼中,"社会责任"似乎成了一只皮球,只往别人的怀里送,却忘记了那应该是自己的本分。

日本商人松下幸之助曾说:"企业必须有一种使命感,不断地努力生产,使产品像自来水一样丰富而廉价,取之不尽,用之不竭,惠及全人类,彻底消灭贫困。"据说《南方周末》曾经推出的中国内地人物排行榜的标准,不是把个人的资本作为唯一的标准,而是将社会责任、企业文明、公众形象作为标准,因而使一些个人财富并不显眼,但对社会贡献大、善待员工、乐善好施的富人排在了富人榜的前列,这是对富人应承担社会责任的肯定,是对富人精神境界的褒扬。富人关注社会公益事业,献出自己的爱心,是一种良性的社会互动行为,它体现的是富人高尚的情操、博大的胸怀和良好的社会责任感,更是社会的文明和时代的进步,也是构建和谐社会、体现以人为本、实现共同富裕的需要,是值得全社会学习和肯定的行为。因为,只有融入了社会责任和社会道德的财富,才是真正意义上的财富。俗话说,"雁过留声,人过留名",《沉思录》中有句话说,"请看看那些所谓的伟大人物,他们现在都到哪里去了?都烟消云散了,有的成了故事,有的甚至连半个故事都算不上"。是的,一个人在历史的沧海桑田中,实在比一粒粟米都要小,物质的东西毕竟是有其限度的,但精神的力量却是宏大而长远的,是任何东西都代替不了的,是会长久地存在于天地之间,并光照千秋万代的。一个民族,如果没有现代科技,没有先进技术,一打就垮,而如果没有优秀的历史传统,没有民族文化的传承,就会不打自垮。从这个意义上来说,富人的社会责任真的是很大啊,我们的富人们可别忘记了先贤"达则兼济天下"的训导啊。

博士在此又如何？

俗话说，秀才遇到兵，有理说不清，那么博士撞上强盗，又当如何呢，让我们先看唐朝时的一件逸事。

唐朝有个博士叫李涉。一次，他奉命去江西九江，因中途遇风，船停泊在江边。不料几十个强盗手拿兵器闯到船上，他们以为官府的船一定有很多金银财宝，便大声呵斥道："贪官，留下买路钱！不然的话……"说着扬扬手中的兵器，表示绝不饶恕的样子。

李涉坐在船舱里纹丝不动，只是嘿嘿地冷笑着。一个家奴上前对强盗喝道："李博士在此，不得无礼！"

只见强盗中一个为首的问道："是李涉博士吗？"

家奴答道："正是。"

说也奇怪，强盗们一听"李涉博士"，个个面面相觑，不敢上前。那强盗头子深表歉意地说："我们不知道是李博士的船，刚才冒犯尊严，请多多原谅。"

李涉略欠欠身子道："你们知道就好。"

强盗头子命小喽啰们立即退到岸上去，自己重又躬身施礼："我们身在绿林，实在是不得已而为之，我们早听说李博士的诗写得很好，不知大人肯否为我们赏诗一首？"

李涉欣然写了一首七绝送给他们。强盗头子得诗大喜，执意给李涉送了许多财物，才告辞而去。

强盗们慑服于李博士，以小人度之，不是慑服于博士的学问，就是慑服于博士的人格，要么就是慑服于博士的"后台"，总之，肯定有慑服的道理在，反观我们今天的博士，要是遇到强盗会是什么样子呢？

知识分子是社会的精英，大众对他们有较高的要求，也应在情理之中，事实上知识分子作为"上层建筑"的一分子，他们占有更多的社会资源，拥有更多的话语控制权，大众要求他们为正义说话，为真理代言，甚至为大众自己呐喊，好像并非过分的要求。但看看现实生活中有些知识分子的表现，却让人的心寒到了冰点：有的说什么在中国看病"不贵"也"不难"，有的说什么中国的房价并"不高"，有的说什么房子涨价是同"国际接轨"，有的说什么提高大学收费是为了减轻"穷人的负担"，有的说什么"多数上访户都有精神问题"，有的甚至自己的精神都有问题，说什么"宁做鬼，也幸福"等等不一而足。他们有的在为私利出卖自己的灵魂；有的在窃取学生的学术成果，甚至有些登徒子们还在剽窃足以做自己女儿的学生的青春的胴体；有的为了捞取政治资本，在说着言不由衷的"肺腑之言"；有的为了孔方兄满嘴跑江湖，遛草场，没有他们不能说的，没有他们不敢做的，连起码的常识也不顾，有的甚至把人格都丢到爪哇国去了，还奢谈什么道德的底线……

俗话说，树活一张皮，人活一张脸。有些受党教育多年，受人民培养多年的知识分子堕落到这般地步，只怕不仅是当年的李涉博士想不到，就连我们的党我们的人民也万万想不到。正如太阳有黑子一样，有人依据草场大了什么马没有，林子大了什么鸟没有的理论，得出"有些"代替不了"全部"的结论，认为知识分子的整体队伍是好的或是比较好的，从而自我安慰，津津乐道。岂不知，那些已丧失了良知的所谓知识分子，正如人身上的肿瘤，是会一天天长大的，会把那些健康的细胞一天天毫不留情地吞噬下去，从而危及社会这个巨人的健康运行。

不错，知识分子也是人，也有生存的需要，也要吃喝拉撒，但他们毕竟是特殊的群体，人们完全可以原谅他们的不高尚，但绝不会认同他们的低俗甚至卑鄙。知识分子是人类最有良知的，是社会责任感的忠实代表，他们具有独立之人格，自由之思想。他们引领社会的时尚、进步和文明，引领着"芦苇"们走向人格的高峰，楷模着人类的核心价值体系。对他们提出严厉，甚至苛刻的道德要求，在笔者看来，不仅是正常的，而且是必需的！从这个意义上来说，像李涉那样注重修炼自身道德素质，提升人格修养的古代知识分子，真是我们学习的榜样呢！

老鹰抓小鸡与列队毛毛虫

人与动物，有时候有惊人的相似习惯，这是人类是高级动物的明证，更是进化论的最好阐释。小时候有一种游戏，叫老鹰抓小鸡。主要角色有三，一是老鹰，身手敏捷，两眼放光，它的主要目的是抓几只可口的小鸡，改善一下自己的生活；二是老母鸡，一位有责任感的母亲，她要带着自己的孩子，用这样那样的办法，尽可能地避免老鹰对自己孩子的伤害；三是一群可爱的小鸡，它们睁大了惊奇的眼睛，看着那可怕的老鹰在与自己和母亲斗智斗勇。在这个游戏之中，最重要的，便是一只一只的小鸡，必须跟着妈妈的脚步，不停地移动自己，以便让自己躲在母亲的翅膀底下，这样就不会有什么危险了。就是在这样的游戏之中，我们度过了一串一串的日子，至于老鹰能不能最终吃到小鸡，那是自然法则决定的，不是以我们的意志为转移的。与这种游戏相似的是，有一种奇怪的虫子，叫列队毛毛虫。顾名思义，这种毛毛虫喜欢列成一个队伍行走。最前面的一只负责方向，后面的只管跟从。生物学家法布尔曾利用列队毛毛虫做过一个有趣的实验：诱使领头毛毛虫围绕一个大花盆绕圈，其他的毛毛虫跟着领头的毛毛虫，在花盆边沿首尾相连，形成一个圈。这样，整个毛毛虫队伍就无始无终，每个毛毛虫都可以是队伍的头或尾。每个毛毛虫都跟着它前面的毛毛虫爬呀爬，周而复始。几天后，毛毛虫们被饿晕了，一只一只从花盆边沿掉下来。

进化，是人的天性，更是人类进步的需求。按照人的社会性来说，进化，既要符合天道，更要符合人道，才是和谐的，明智的。但正如人类进化到西装革履，涂脂抹粉，已经很有了"人相"的今天一样，人类总是或多或少地还保留着不少落后的东西，比如屁股后面的那个桩桩，比如自私的习性，等等。毛毛虫的失误在于失去了自己的判断，盲目跟从，进入了一个循环的怪圈。其实，人在有些时候又何尝不是如此呢？说到毛毛虫效应，便会让人想到社会上存在的一些现象来。比如那河南交通厅前"腐"后继，后任者把自己"让廉政在每一公里高速公路上延伸"的诺言变成谎言的案子，比如海南东方市的土地窝案，不都是毛毛虫案的典型表演吗？

传播疾病，毁坏物品，害虫对人类的危害，人人皆知，那么，人类有没有办法消除害虫呢？记得多年以前有一个广告，一群害虫在耀武扬威，口中还狂叫着"我们是害虫，我们是害虫"，一瓶杀虫剂横空而来，那些害虫们便应声落地，全部毙命。我想，这就是方法。问题是，人和动物一样，都有一个适应的过程，都有耐药性。制造杀虫剂的方法，不能一成不变，要根据害虫的组织结构，生活习性，身体状况及变异规律，随时研究具有长久、高效药力的制剂。不要指望有什么一劳永逸的药，要知道，害虫的危害，没有最坏，只有更坏。对于人类来说，也是一样，当"病"在腠理的时候，总是视而不见，讳疾忌医，等到"今在骨髓，臣是以无请也"的时候，只能是"桓公体痛，使人索扁鹊，已逃秦矣，桓侯遂死"了，任凭谁也是没有办法的了。当然，对于那些"益虫"来说，除了"仁者爱人"之外，也应该"仁者爱虫"，爱鼠常留饭，怜蛾不点灯，只有这样，人类才能与动物和谐生存，才能真正地活得体面，有尊严。人也好，动物也罢，作为自然的一分子，还是应该"流一些道德的血液"为好（温家宝语）。

我们需要"遮羞布"

莫里哀的喜剧作品《伪君子》中的主人公答尔丢夫在看到奥尔恭家仆道丽娜穿着低胸衣服时,为了表示自己的正统,很虚伪地掏出自己的手帕,要道丽娜"遮上"胸部。这个细节,当时就惹得同学们哄堂大笑,课堂气氛一下子活跃起来……近日,又看到了与此有异曲同工之妙的两则"奇闻":一则是北京在举办 2008 年第三届国际美术双年展中,雕塑家李象群的一幅半裸的《堆云堆雪》在开展的当天,就遭到部分观众批评,最后主办方只好用一块"手帕"一遮了事。另一则是意大利总理贝卢斯科尼要在一个地方举行演讲,但这个地方的墙壁上挂着一幅意大利 18 世纪名画家的画《时间揭开真相》的复制品,画中是一半裸女郎,由于主办方担心听众在倾听总理先生演讲"分神",只好对这幅画进行了"艺术加工",用画笔给裸女"穿"上胸纱,遮住了裸露的乳房和肚脐眼儿。

害羞是人类的天性,也是遮住底线的要求所在,如果人类失去了羞丑,便也就失去了廉耻之心,便什么都能做出来了。同样是遮羞,中西方的差异真是天壤之别啊。我们的遮羞,是从影响风化,有碍观瞻的角度考虑的,而那意国人,却是从怕影响工作的角度出发的,反映出的是不同的审美观念、不同的文化素养和不同的文化情趣。

其实,遮羞之事,古已有之。比如"笑不露齿,坐不露膝"等等,就连著名的敦煌也发生过遮羞的事情。我们知道，唐代是思想大解放的开放时代，反映在敦煌壁画中，便是有不少露肚脐眼儿的，这些肚脐眼，便伤了卫道士的双眼，于是他便化缘买回石灰，雇人把他自己认为最有碍观瞻的不少壁画"嘻唰唰，嘻唰唰"。现在想来，那卫道士还算"仁慈"，要不然，我们今天就可能看不到"飞天"了。

再看现实中，除了《堆云堆雪》外，还有更多更多的"遮羞"之举呢。在烂房子之外砌上一堵墙，画上太平盛世，便美其名曰："新农村"；矿难发生后瞒报少报，美其名曰：安全生产；陈化米不亮加石蜡，火腿肠防腐加敌敌畏，蜜枣不鲜熏硫黄，牛奶蛋白质不达标加三聚氰胺，美其名曰：绿色食品；把举报人打入牢中，把上访者拘于故里，美其名曰："廉政建设取得新成效"和"社会政治稳定"；医疗事故不断，物价不断攀升，美其名曰：改革。把矿难说成机遇，把降低美化为负增长，把沙尘暴说成有利于环境，把校舍坍塌压死学生说成抗震达到8级，等等，不一而足。还是不列举了吧，要不然会让评委领导和专家很"生气"，那样我的后果就会很"严重"。

不过话说回来，有"遮羞"之举，一方面说明，在我们的工作中还存在许多问题，比如市场"无形之手"的失灵和政府"有形"之手的失灵，说明我们执法中有"黑洞"和"漏洞"。另一方面说明还能正确面对存在的问题，尚有"羞耻之心"，尚有许多"雪亮的眼睛"。如果连"遮羞"之举都没了，那真是心如槁木，真是国之大不幸，民之大不幸了！从这个意义上说，"遮羞布"和"遮羞之举"要得！

有"官"部门的说与做

眼下,什么最热门,啥最重要,当然是开门七件事了,这可是关乎"吃是为了活着"的必要保障,民以食为天嘛。你可以没有衣服穿,一家人有一套也能将就,我们又不是没有过过那样的日子。没衣穿,轮流"坐庄"还能活着,没吃的,只能是饿殍遍地,甚至会人吃人地丧失人性,泯灭人伦了。那种宁可食无肉,不可居无竹的浪漫,只有达官贵人可以奢侈,绝不是"心忧炭贱愿天寒"的小民的企盼。

就是这样让老百姓很心烦的事情,现实却是"撕开让人看"的"杯具",什么"蒜你狠",什么"豆你玩",什么"姜你军",什么"糖高宗",等等等等,不一而足。好在有"有关部门"这棵好大的树的该出手时就出的那只"审慎提价"的手,才使我等小民们真正感受到了党和政府的温暖,体会了到底"看谁狠""将谁军""逗谁玩"的乐趣,也才使我们的幸福指数没有打太大的"折扣",当然了,这话,并不能代表我们的真心话,是"有关部门"里的官们用那些能捏出水来的统计数字来板上钉钉解读给我们的,俺只有在菜篮子米袋子面前,捏捏越来越干瘪的钱夹子听之任之的分了。

送佛送到家,好人做到底。俺们一直以为,那"有关部门"的官一定会说话算话,一定会做"审慎提价"的模范,并把它作为铁律,作为高压线的。但出乎意料的是,先是那个中华酒文化的最高代表的茅厕里的什么台,以让人看不懂的什么理由顶风涨了价，当然了，这种酒是那种买的人不喝，喝的人不买的东东，与咱老百姓的生活关系不是很大，但也不是没有一点关系的，俺虽然是一小民，但还是知道一点那个达什么文的啥"链"理论，这酒是用粮食酿的吧，这酒涨价了，是不是应该也给俺们生产的水稻啊高粱啊啥的涨点价，毕竟俺们的粮食，也是"粒粒皆辛苦"的啊，可俺又知道，这与"有关部门"的"审慎提价"又是针尖对麦芒的事啊，难办得很。可让人想不通的是，这有关部门为啥不作为呢，为啥不拿出"圣旨"制止呢，俺以小人之心度君子之腹，这有关部门，莫不是让中国最高的酒文化的代表给灌醉了，直把杭州作汴州了吧？别人涨价，有关部门不作为，好像还不好说什么，可这有关部门自己却带头涨价，就让人觉得有点不仗义了，真的不知道是替党说话，替人民说话，还是替谁说话了。油老大的地位，在国民经济中的作用，那是谁也不能否认的，有了这个地位，油老大也就有了自己的话语权，油老大很懂会哭的孩子有奶吃的道理，所以，他们不知道使了什么阴招，硬是让有关部门请君入瓮般地以限制消费这个很堂皇的理由，"审慎"地批准涨价的请求。有关部门这次很聪明，没有以与国际接轨来说事，你不能不服。但愚钝的俺想不明白的是，柴米油盐中的油，现今天，难道只包括胡麻油、菜籽油、花生油，就不包括汽油柴油了。你要限制消费，不妨也把胡麻油、菜籽油、花生油的价格也提起来，把肉的价格也提起来，最好让人们回到过去的日子，小米饭，南瓜汤，挑野菜来当粮，一来可以提高幸福指数中的健康指标，二来可以减轻计划生育的压力，一举数得，何乐而不为。

昨天看到一则新闻，说印度的物价最近也在上涨，特别是人人离不了的洋葱，更是像脱了缰的野马，涨得让印度人民难以接受了。印度的在野党们出来向政府发难了，要把这一事件作为政治筹码，向执政党叫板。再查资料，前些年，印度就因为物价的原因，有许多的高官丢了职务，真是让人不可理解啊。对了，再让我们看一则新闻，说有关部门为了照顾什么企业的利益，竟然让已经有了结论的对人有危害的面粉增白添加剂要到2011年的5

月份才寿终正寝，这真是很奇怪的逻辑啊。与印度人民相比，我们真是幸福啊，我们没有在野党，就是有，也不需要他们指手画脚，我们有执政为民，以人为本的党，有让人民活得更有尊严、更体面的政府，有尽职尽责的有关部门，我们怕啥。没有比较，就没有鉴别，比比人家在野党的"点灯"，再比比我们有关部门的"放火"，看看我们有关部门的官们制定政策的逻辑与做出的事，总觉得还是有天壤的差距，这差距在哪儿，是什么，各位看官是茶壶里煮饺子——心中有数，用不着小民再来下结论了吧？

珍爱生命从敬畏自己做起

人总是要死的，这是不以人的意志为转移的，更不是以人的地位、价值和作用为条件的。人是生而平等的，在死的问题上，当然也是平等的。

家乡有句俗话，一样生百样死，意思是说，人的出生都是一样的，九月怀胎，一朝分娩，都是血糊糊的来到人间，但对于死法，却是大千世界，每个人都有自己的特别之处。

对于死后的事，不同的人，有不同的态度。拿破仑说，我死后，哪管他洪水滔天，那是多么霸道又多么不负责的态度啊。庄子对妻子的死是鼓盆而歌，反映的是他超凡脱俗的世界观，至于对妻子是不是有感情，不在讨论的范畴。鉴湖女侠秋瑾，革命一生，在英勇就义前，向时任县令提出了三个请求：一、我系一女子，死后万勿剥我衣服；二、请为我备棺木一口；三，我欲写家信一封。县令一一允诺。看看这三项请求，是多么的温馨而又温情，充满了一个女人的侠骨柔情，充满了一个女人对亲人的惦念和牵挂，与那"秋风秋雨愁煞人"的肃杀相比，是多么的朴素，多么的富于人情味啊。尤其令人感慨的是"切勿剥我衣服"，这是对生命的尊重，更是对自己的自尊，是体现着人格与修养的士可杀不可辱的高贵气节，是"富贵不能淫，贫贱不能移，威武不能屈"的真实体现。

与此相关的是弘一法师在临终前交代了五件事，其中第五件是要求用小碗装水放在盒内，以免蚂蚁进盒，火化时伤蚁命。由此可以看出，法师对生命的敬畏之心和大慈悲、大惭愧的修炼品格。

人作为自然界的一分子，你就必须遵从自然的规律，与自然万物和谐相处，平等相处，才能求得内心的淡定，才能活出洒脱，活出滋味。人总是应该有所敬畏的，孔夫子的"畏天命，畏大人，畏圣人之言"，康德的敬畏天空的星星与心中的道德律令，都是人应该有所敬畏的最好说明。金融危机，教会了人们敬畏经济规律，汶川地震，教会了人们敬畏自然的神明，日本被污染，教会了人们反省自身的作为。

一个民族也好，一个社会也罢，如果总是天不怕地不怕无所畏惧的话，那么鲁莽之事或是愚蠢之人便会如野草般地疯长。再看看当今的社会，战争频发，地震不断，伦理错位，道德滑坡沉沦，瘟疫接二连三，腐败层出不穷，这些问题的出现，说白了，是没有了对天空、对大地、对尘土的慈悲情怀，没有了自己对自己的责任心、使命感，没有了自己对自身敬畏与感恩，缺少了一颗敬畏之心的缘故。

孟子的"老吾老以及人之老，幼吾幼以及人之幼"，孔子的"马厩失火，问人不问马"，其出发点都是以己推人，以人为本，体现的是人本思想。人活着离不开物质，但物质绝不是人的唯一。幸福不是看你拥有了多少，而是看你心里满足了多少。能带给人直接快乐的品格是愉悦健全的精神，与健康的体魄，而不是已超出基本生存需要的、金钱、权利与物质。人越来越依靠"物"，"在物"的面前，人的力量、人的地位越来越卑微，这不能不成为困惑人类的大问题，不能不引起人们的思考了。

人是理性的动物，人所过的最好生活是遵循理性指导的生活，追求幸福是合理的享受，合度的利己主义，是合乎道德的。在这里"合理""合度"，才是真正的重点所在。有了美好的心境，眼里才有美好的事物，具备了善良的心态，看到的才是可爱之人；拥有了宽广的胸怀，才能包容别人，包容天下。只有内心纯洁了，做人才能纯粹，才能不断提升人格的境界。子曰：己所不欲勿施于人，我说，己所欲，亦勿施于人。

爱是一种基本的激情，是人类、民族、家庭不致解体的动力。只有拥有了爱，才能避免马加爵式的冷漠杀人，也只有拥有了爱，才能让药家鑫式的激情杀人成为遥远的传说。爱鼠常留饭，怜蛾纱罩灯，为了使自己活得有尊严，为了使别人活得更体面，为了社会，为了一草一木，为了每一颗星星，为了每一粒尘土，请珍惜生命，珍爱自我，使自己的体内"多流一些道德的血液"。

不许放屁

在我的家乡，有一句俗话，是这样说的：人吃的是五谷，不放屁是母猪。当然，母猪放屁不放屁，我不知道，但人是要放屁的，这是亘古不变的道理，特别是在"大跃进"时代，吃的全都是生产屁的东西，不放屁怎么可能呢。而且，从健康的角度来说，人放屁了，说明消化系统很好，很正常，不放屁，反而对健康不好。

林子大了，什么鸟都有。近日在广州举办的中国森林城市论坛上，中科院院士蒋有绪呼吁，"政府可以考虑对企业甚至排放二氧化碳的市民征收每月20元的生态税"。企业在生产中排放二氧化碳，对环境肯定有一定的影响，这样的报道比比皆是，就是用了净化装置的，也还是不可能没有一点影响的，对它们征收环境税，我举双手赞成。市民排放二氧化碳，在我看来，无非有两种途径，一是呼吸过程中的"呼"，呼出的是二氧化碳，另一个就是放屁，据说，放出屁，不仅仅是二氧化碳，还有甲烷什么的有害气体。按说，既然人往大气中排放了有害气体，向人们征收环境生态税，没有什么不妥的。可蒋院士可能不是地球上的院士，而是哪个星球上派来的"国际主义战士"，不知道"球情"，要不，他怎么能忘了，人类生活在这个世界上，已经有300多万年了，从来没有哪个时代哪个政府出台过向人类征收过"放屁税"的政策。更何况，还有一个基本的常识，人呼出的是二氧化碳，吸进的是氧气，而植物却正好相反，吸收的是二氧化碳，释放的是氧气，人类与植物，正好构成了一个和谐的珠联璧合的生物链。没有氧气，人类无法生活，没有二氧化碳，植物也不能正常繁衍。我们可爱的蒋院士，您老不能连这个常识也忘记了吧，退一万步，您老不是植物学的专家，可也不能不知道这个常识吧？

正如硬币有两面一样，从另一方面说，每月向市民征收20元的"放屁税"，对于一个收入在几千元甚至上万元的院士来说，当然是"小意思啦"，但对于还在温州施粥摊上等着吃粥的人来说，对于那些每月等着低保的人来说，对于那些拾荒者来说，就是一个不小的包袱了。眼下，党和政府把民生作为执政的第一理念，把和谐作为价值的追求导向，把减税让利作为抵御金融危机、刺激经济增长的选择，在这个当口上，蒋院士却提出要向"匹夫"征收"放屁税"，不能说蒋院士在胡说，但至少可以说，院士的声音实在是不得人心啊！在小的看来，院士的想法，在这个什么都需要创新的时代，不能说没有新意，也不能说，院士本人不深谙不怕做不到，就怕想不到的深刻内涵。

人是要放屁的，鸟儿放不放，牛儿马儿放不放，我想应该是放的吧，因为它们都有完整的消化系统。植物呢，也应该放屁的吧，只是它们放出的是氧气罢了，那么，依据院士的意见，是不是也要向它们征收"放屁税"呢？伟大领袖曾经说过，"不许放屁，试看天地翻覆"。真的，现实的世界，翻覆的东西实在是太多了，令我等已过不惑之年的人的惑是越来越多且百思不得其解啊！看来，"管天管地，管不了老子放屁"的老话，是完全可以放进历史的垃圾箱里了。最后，有一句话，我还想奉献给蒋院士，也是我老家的话，叫作：胡吃胡喝，不要胡说！

我永远站在鸡蛋一边

最近，关于交警的新闻真是不少，最雷人的就是广州市民林女士的包被抢之后，向同一交警求助四次，均遭到拒绝，拒绝的理由似乎也很"正常"："我是交警，如果他有刀，我怎么办？"另一则新闻是杭州飙车案中，交警先给出跑车撞人时的速度是70迈，后来在现场证人及有关专业人士的推测说车速至少在120迈的结论下，杭州交警又改口说：肇事车具体的超车速度，还需要结合分析现场、证人证言、录像资料、车辆鉴定等因素才能得出科学正确的结论，云云。

警察的职责是维护社会的公平正义，维护人民群众的正当利益，这本是题中之义，但交警却以"我是交警"为理由而加以拒绝，这与历史上可笑的"白马非马"有什么区别呢。只要你穿着警服，只要你头顶着"国徽"，别说小偷有刀，就是有枪有炸弹，你也应该"上"，哪怕你不是"挺身而出"，不是"毫不犹豫"，但上是没有选择的。当然，在刀和枪面前，要不是刀枪不入之人，总会胆怯的，总会害怕的，毕竟你只有一条小命，而你的小命背后，关乎着许多的"命"。但是你的工作职责和性质决定了在这种场合下，除了面对，你别无选择！这不是在八小时以外，退一万步说，就是在八小时以外你也得面对。因为你是警察，你不是普通的观众，更不是冷漠的"看客"。

既然要分析诸多因素才能"给出"科学的结论，那先前的 70 迈就难免有不科学或糊弄人或包庇的嫌疑了。交警在处理交通事故中偏袒那些强者，维护那些有权有势者的利益，这就好像演员要出名就先要心甘情愿地被导演"潜规则"一样，早已是秃子头上的虱子——明摆着的事了。人们特别是弱者，也只能接受。透过这些事件本身，一个不容忽视的事实是，我们的社会早已出现了一道鸿沟，所谓的宝马、悍马啊什么的好车，也只是成了一种有权有势者的象征。按照一般的理论常识，或按照正常的工作规范，开车撞死人是要立即拘留的。杭州飙车者胡斌案发后数小时仍在更新 QQ 空间，足以说明，是他的"三菱跑车"为他提供了一道"屏障"，而我们可爱的交警，只是一个执行程序的"木偶"罢了。

"在一座高大的墙和与之相撞的鸡蛋之间，我永远站在鸡蛋一边"，日本作家村上春树在阐述"体制"和弱者之间的关系如是说，这表达了一个作家悲天悯人的人性情怀。我们不能否认世界上永远有贫富差异，这种差异是人们能理解也能容忍的，人们不能容忍的是"体制"在有意放大这种差异的做法，不能容忍的是由此产生的心理上的社会鸿沟。因为，这种鸿沟将要损害公平与正义，将要制造反抗与不平。用子弹伤人只能让有限的生命倒地，用制度伤人却会使整个人类痛苦。

乌鸦自救的 N 种方法

　　这是一只乌鸦，一只奇丑无比的乌鸦，论传承，它当然是那只衔石子喝水的聪明的乌鸦的第 1080 代子孙。它在大学时，各门功课都是优秀，据教授们分析，这得益于它奇丑的功劳，没有一只漂亮的乌鸦，哪怕只是给它一个平庸的微笑，它不能去约会，不能去酒吧，不能去卡拉 OK，即使是在课堂上，其他的帅哥靓妹也离它远远的，它只能专心致志地读书、写作。因此，它也就得到了那些年老色衰的教授们的喜欢与认可，它的论文在核心期刊上一篇一篇地发表，稿费单子一张一张地寄来，即使这样，它仍旧没能赢得一颗乌鸦的芳心。

　　毕业以后，这只乌鸦怀揣优秀大学生的证书，怀揣学位证书，到各种各样的鸦才市场应聘，但投出的聘书全都石沉大海，无一回音。这只乌鸦只能每天到处碰壁，以人家饭馆的剩饭充饥，以自来水管上的生水解渴。为什么自己不能得到录用，其中的原因，这只乌鸦始终不明白，直到有一天，它正饥肠辘辘的时候，挤进热闹的饭馆，它正要品尝那位白领小姐剩下的饭菜时，那位大腹便便的老板便怒气冲冲地一棒子打了过来，将这只乌鸦横扫在地，腿被打得骨折，这还不算，那老板还气势汹汹地说，你看你那丑陋的样子，也敢在饭口上来我这儿捣乱，你也不去照照镜子，就你这样的，哪个用人单位要你呀……

直到这时，这只乌鸦才知道自己不被招聘单位录用的真正原因。因为这只乌鸦自从生下来以后，它的妈妈就告诉它，孩子，这一生，你要牢记，你不能照镜子，你一照镜子，你就死定了，说完，它的妈妈便一命归天。这只乌鸦是吃百家饭、喝百家水长大的，对于妈妈的话，它在心里记得牢牢的。今天，它终于知道了事情的原委。

这只乌鸦拖着折腿，飞到了深山之中。当然它的怀里仍旧揣着那大红的毕业证书，它实在舍不得扔了它们。

这天，这只乌鸦的腿好得差不多了，它出来散步。山野的空气真是好呀，纯洁极了，清新极了。这只乌鸦走在山间的小路上，心情很好。它好久好久都没有飞翔了，它想，要试试自己有没有忘记飞翔的本领。这只乌鸦早餐是很丰富的，大山之中，它爱吃的都有，它吃得很饱。

于是，这只乌鸦一飞冲天，向着远方飞去。

这只乌鸦在空中，心情很好，它庆幸自己的飞翔本领不仅没有忘记，而且技艺比以前大有长进。

不知不觉，天色将晚，西边的落日羞红满脸。这只乌鸦便降落下来。

这是什么地方呀，如此荒凉，莫不是人们常说的西出阳关无故人的西凉。地上没有多少草，只有那一丛一丛的毛头刺，偶尔有一只两只的蜥蜴跑到它的跟前，对它张大奇怪的眼睛，望它一望，然后便溜之大吉，这只乌鸦口渴得不得了，便四处找水。找啊，找啊，这茫茫戈壁哪来的水呢。这只乌鸦从来没有来过戈壁，它怎么可能知道戈壁的荒凉，它怎么能知道，在戈壁上找水的艰难。这只乌鸦渴晕了过去。

第二天早上，阳光把这只乌鸦照醒过来，乌鸦便想起了自己的遭遇。它看看四周，还是什么也没有，吃的没有，喝的没有，它又看了看太阳，太阳是越来越热。

这只乌鸦想，他妈的，这可是这只乌鸦长这么大第一次这么开口，他妈的，要是有一个用人单位不看品貌，唯才是用；要是有一个单位，老总哪怕有一点点爱心，要是有一个单位能给我哪怕一天的试用期……那么我肯定不会有今天的下场。

吃的东西是多么好，水是多么好，生命是多么好，可这些，我离它们是越来越远，越来越远了呀。

这只乌鸦实在不敢往下想了。它垂下头，转动眼睛，往四周瞧瞧，忽视这只乌鸦睁大了眼睛，它发现了一只瓶子。就在几米开外。苍天呀，大地呀，这是我命不该绝呀！它急忙奔过去。却看见瓶中没有一滴的水，里面只有许许多多的小石头。乌鸦想起来了，对，就是这只瓶子，这是那只曾经救过祖先生命的瓶子，那时，祖先和自己今天的遭遇是何其相似，也是干渴，也是戈壁。可祖先毕竟得救了，而自己呢。它对着几千年前的那只空瓶子，长叹一声，仿佛它此时就是那瓶子里的一颗孤独无援的石子。

不，不能就这样认输，于是它歇了一会儿后，开始翻腰包，它要找出纸和笔来，写点什么，留给自己的同类也留给人类，来这个世界上走了一遭，如果不能留下点什么，那实在是一种遗憾，一种无比悲哀的遗憾。

它翻呀翻呀，就是找不到一张白纸，哪怕是一小片的白纸，找到的只是那些花花绿绿的名片，那些花花绿绿的招工启事之类。忽然，这只乌鸦的手，摸到了一块砖头一样的东西，它想起来了，那是一个手机，是它的那位大款同学临走时送给它的，说，给你吧，说不准哪天能派上用场呢。

真是天才呀，我可爱的同学！

这只乌鸦长长地感叹一声，憋足了劲，便用标准的普通话装作乌鸦美女，嗲声嗲气地说：

喂，是下惠公司吗，我是一位美女，现在我的公司急需肉片和面包。请赶快送来，越快越好，我出双份运费，而且用美元支付。什么，公司地址呀，你待会儿……

这只乌鸦赶紧翻出那块已经破旧的罗盘，向下惠公司说了自己的方位。

乌鸦装作一大款的样子，用霸气的口吻说，喂，是天泉河纯净水公司吗，我公司的科考队急需矿泉水，请你们赶快送水来，越快越好，越多越好，你们放心，我用欧元支付……

乌鸦装出弱者的样子，不过此时它确实就是一弱者，还装什么呀，它声音虚弱地说，喂，是联合国动物保护署吗？我是一只——不，是一群乌鸦的领导，我们遇到了狩猎队，我们正面临灭顶之灾，请速派人急救……

当这只乌鸦再一次醒来的时候，它周围热闹极了，有人，有车，还有飞机，它艰难地睁开眼睛，看到联合国动物保护署的大鼻子们把自己抱在怀里，正给自己喂水，喝的当然是天泉河纯净水，吃的是下惠公司的肉片、面包，当然还有其他公司的汉堡了、肯德基了什么的。

过了两个小时后，这只乌鸦已经完全恢复了体力，那些人看它恢复了体力，便全都拥上前来，要同它结账。

先是下惠公司的总经理柳下惠开口说话：你不是说你是一位美女嘛，真是一个大骗子，害得我一路上好一顿高兴，你什么也别说了，给钱吧，美女……

后是天泉河公司的负责人开了口，我说我们什么也别说了，给钱吧，欧元……

第三是联合国动物保护署的官员说，乌鸦呀，你也太不讲诚信了，你不是说一群乌鸦嘛，怎么只有你一只，你们乌鸦都是一样的德性，爱撒谎……

这只乌鸦清清嗓子，又喝了一口天泉河纯净水，然后说，我有钱，你们别怕，我不会失信于你们的。然后，乌鸦煞有介事地说：你们知道我的祖先吧，就是那只被狐狸骗了肉的乌鸦，大家齐声说知道。乌鸦又说，可你们知道那块肉是什么肉吗？大家你看看我，我看看你，都摇摇头。这只乌鸦说实不相瞒，那块肉呀，是唐僧为了救我的祖先，从身上割下的一块肉，唐僧肉你们总知道吧，吃了那肉可是长生不老的呀，大家都点点头，所以呀，那只狐狸既骗了我祖先的肉，又伤了我祖先的情，后来，我的第980代前辈起诉了那狐狸的后代，而且获得了巨额赔偿，赔偿的是古代钱币……

说着，这只乌鸦掏出一张发黄而又脆弱的帛来，在大家面前晃一晃，这是法律文书。可怎奈呀，我们申请动物法院执行了多少代都没有执行下来。今天，我遇了难，大家出于人道，都来帮我，我不能不讲仁义，请你们去向狐狸的后代讨债，讨古代的钱币，这不比什么美元呀欧元呀值钱得多，抵债剩下的钱，你们哪个公司要用我，就算我的股金，我首先申明，我不要利息啥的，我只要个工作岗位，哪怕是看门的，淘厕所的，什么岗位我都不嫌弃……

至于联合国动物保护署说我不诚实，我个人认为，这种说法是不能成立的。你想，只要让我活下来，我娶妻生子，子子孙孙无穷匮也，怎么不是一群，甚至是一大群一大群的乌鸦呢……

说到最后，乌鸦泪流满面……

由于这些送货车队和人员的到来，戈壁滩显得不再那么荒凉……

精神财富最重要

俗话说，"雁过留声，人过留名"。追名逐利，是人的本性使然。然而，追什么样的名，逐什么样的利，不同精神境界的人便有不同的选择和回答。温总理在联合国大会上说："我希望留给后人两点精神遗产：第一，当遇到灾难时不要退缩，要勇于面对，并且带领人民去克服它，战胜它，这需要坚定、勇气和信心；第二，一个政府，除了对人民负责、服务、献身和廉洁以外，不应该有任何特权。一切权力属于人民，一切权力都要为了人民。"

中国有个传说，叫为死者讳。温总理敢于在生前就说出自己的遗愿，一方面说明他是一个彻底的唯物主义者，是一个心底无私的革命者，一个光明磊落的共产党人。另一方面，他的遗愿也正是他在本届政府中亲民、爱民、为民的优良传统和作风的最好写照，相对于伟大的建筑，相对于丰富的物质遗产，精神遗产无疑是更为重要的遗产。因为它承载了人类的优秀文明成果，放射出永恒的人性的光芒，彰显了一种信仰，一种追求，一种高尚的精神力量，为后人树立了一种学习与追求的坐标。温总理的话，本届政府面对无情的雪灾、震灾，面对经济发展的困境，面对民生所遇到的许多重大问题上所做出的决策，在世人面前树立下中国政府果敢、坚定、远见、负责任的大国的高大形象，昭示了中华民族坚忍不拔、团结互助、万众一心、众志成城的博大胸怀。

《沉思录》中有句话说，"请看看那些所谓的伟大人物，他们现在都到哪里去？都烟消云散了。有的成了故事，有的甚至连半个故事都算不上"，是的，一个人在历史的沧海桑田中，实在比一粟米都要小，物质的东西毕竟是有其限度的，精神的力量却是远大的，是任何东西都代替不了的，是会长久地存在于天地之间，并光照千秋万代的。

为官从政者，应当给人民群众留下看得见摸得着的物质财富，这是人类经济社会发展的需要，也是人民生活的需要，但给人民群众留下更多的精神财富，赢得老百姓的口碑，无疑是更为重要的选择，老百姓之所以端起碗来吃肉，放下筷子骂娘，在我看来，是对从政者精神追求欠缺，对社会道德滑坡的最好的说明。子曰："仁远乎哉？我欲仁，斯人至矣。"同样，道德和精神追求，离我们每个人都不远，只要我们都有一颗向善之心，就会有从善之举，就会使自己有可能成为精神财富的追求者乃至创造者。

以百姓为念，实事求是，艰苦创业，廉洁从政，认真负责，这是对从政者起码的执政要求，也是从政者所以能赢得精神财富，留下宝贵遗产的必然选择。民如天，我们共产党人当有"乐以天下，忧以天下"的胸怀；民如海，我们共产党人如同海上的船，只有老百姓托着，才会驶向胜利的远方。要切实强化自己的人格修养，提升自己的政治和业务素质，真正做到"权为民所用，情为民所系，利为民所谋"，关心群众疾苦，倾听群众呼声，集中群众智慧，讲实话，办实事，求实效，在每个党员的身上都"有一点精神"，我们才能使自己成为"一个脱离低级趣味的人，一个有道德的人，一个有益于人民的人"。也才能真正给老百姓留下"念想"，使自己活在老百姓心中，才能给自己的墓碑上刻下大写的"人"字！

可怕的称谓变化

1964年7月，时任中央东北局书记的宋任穷到辽宁省金县三十里堡公社蹲点。第二年的端阳节，金县"四清"即将结束，工作队同三十里堡公社党委、镇委两个新的领导班子开了个座谈会。在这次座谈中，宋任穷向基层干部提出不称"官衔"的要求。他鼓励新领导班子成员，脑子里要时时刻刻想到群众，并提出几项要求：手脚干净才能得到群众的拥护；上边来人不搞吃喝招待；不要让群众称"官衔"。

其实，不称"官衔"，是我们党的优良传统。看过去的电影啊电视剧，党内都称同志，亲切而又自然。毛泽东同志就一贯主张和倡议"党内一律用同志称呼，不要以职务相称"。1965年12月，中央曾专门发出通知，要求党内一律称"同志"。1978年党的十一届三中全会公报再次强调："全会重申了毛泽东同志的一贯主张，党内一律互称同志，不要叫官衔。"可惜不知道为什么，这种好的提法和要求却并没有坚持下去和发扬开来。

国人对称谓，是很有讲究的，"称尊长，勿呼名"，尊老，是我们的传统，这完全可以理解。称谓，是交际的需要，更是交流和相处不可缺少的，没有称谓，我们总不能像政治黑暗时期地下党接头那样，用黑话来交际吧？称谓的变化，有其社会背景，这也正常，现在以经济建设为中心了，人们见商人称"老板"，把个体工商户称为纳税人，这都是社会进步的表现。可是，在党内，在正常的工作中，现在却有一种很不好的习气，下级不但称上级官员的"官衔"，在工作的场合，局长、厅长不绝于耳，可怕的是有些下级为了迎合和讨好上级，居然把上级和领导称为"老板"，有的甚至称为"大哥"，而且不分时间地点场合，更可怕的是我们的有些上级还很受用于这样的称谓。"老板""大哥"等等称谓，在我的印象中，只在地下党、黑社会和国民党那儿出现过，比如称戴笠为戴老板，称毛人凤为毛老板，上海滩的小混混称杜月笙为大哥，等等。现在出现这样的变化，至少说明，在我们的党内，已经具有了世俗化、庸俗化、媚俗化的倾向，已经充斥了市侩作风、江湖习气、权贵思想和无形的等级观念，往小说，它很容易形成一个国家利益部门化，部门利益个人化的小圈子，往大说，它对党的民主集中制原则和党群关系的破坏，无疑具有极大的杀伤力，会造成人与人之间心理上的隔阂和距离，会影响同志之间的团结，会阻碍我们事业的发展，是一种很不好的现象，是对我们加强和改进党的作风建设的一种挑战，不能不引起我们的重视。

脸的功能

女儿偷抹了妻子的化妆品,被发现了,妻子便秋风扫落叶一般批评了一通,女儿小嘴噘得能挂住油瓶。之后我对妻子说,爱美之心人皆有之,这也是女儿的优点之一嘛,你何必大惊小怪的。什么叫大惊小怪呀,她那么小的一点人,抹那么贵的化妆品,不是浪费吗?何况不能从小养成她这样的毛病。我不置可否,但有了些想法,也就是所谓的触动了我的思想神经,想来说说脸的功能。

脸是什么,是人体的五官之一,且是安身立命的重要的器官之一。乡间野外骂人的时候,大多意愿是快乐地指向的是人的下半身。而绅士淑女们表达心中愤怒的时候,只用三个字"不要脸",也可用四个字"真不要脸",还可以用五个字"真是不要脸",谁做了对不起别人的事,作为家长总爱用丢尽了我们的脸面来诉说自己失败的无奈。做皮肉生意的小姐在被曝光的时候,总是不由自主地捂住脸部,按说应该首先捂住下半身的啊。人们在有些时候,为了不让别人认出受约者都要对脸部打马赛克,而对身体的其他部位可以不做任何处理。这都说明脸是很重要的。俗话说:树活皮,人活脸,脸的作用可见一斑。

先人是不知道脸的重要性的,他们在远没有上蛇的当偷吃禁果之前,赤身裸体,根本不管羞耻啊什么的,偷吃禁果之后,他们的第一举动便是用树叶捂住下体，这倒不是觉得下体有多么丑陋，而是意识到了羞耻，感觉到了脸的重要性。从原始的岩画和雕塑来看，人类先祖对人的器官中最感兴趣的并不是脸，那不是人们还是"不要脸"，应该说是不重视脸的，重视的是人类的生殖器官，浑圆而巨大的乳房，健壮的身躯，有的甚至把硕大的阴茎作为自己部族的崇拜物，这既是人类对自身的一种敬畏，更是对人类自身的一种尊重，是人类希望继续繁衍的寄托。人们对脸的重视，是到了人类社会发展到"衣食足，礼仪兴"的时候，脸这一人类的器官，才成为人类关注的核心。"窈窕淑女，君子好逑"中的淑女，除了有瀑布般的美发，妖精般的身段外，肯定会有"桃之夭夭"的脸和清纯迷人的眼，要不然，那位可爱的先人为什么会"辗转反侧，寤寐思服"呢，当然了，那男子思念的首先应该是那张脸，其次才是其他的什么部位，因为在"非礼勿视"的年代，能看到的人脸的部位概率是最高的。

脸的作用除了是人的器官之外，更为重要的是人心理感受的表达渠道。"心之官"则思，"脸之官"呢，我以为是则"显"。你在脑子思想什么事，做什么事，你的喜怒哀乐，谁能知道呢，脸能知道，脸会给你泄密的。人在交际中有一条原则，就是盯着你的眼睛和脸说话与交流，那是因为这两个器官是会说话的原因。

人们为什么要发明化妆品，女人为什么要用脂粉来涂抹自己呢，原因有二：一是人类有掩饰自己缺陷的天性，涂抹，是为了掩饰父母制造自己时的失误，也是为了弥补自己生长过程中的自然灾害，来满足至少是自我的审美需求；一是为了社会交际，为了让别人享受美的愉悦。女为悦己者容，男为悦己者穷，这是很符合人性的逻辑。西方有化装舞会，戴上面具，让你认不出来，中国有变脸，瞬间会变化出不同的类型，可说到底，你还是要露出本真来，当然，那是在人们自认为很安全的地方，自认为在很安全的人面前。有句俗话说，人不可貌相，海水不可斗量。海水不可斗量那是一定的，可人不可貌相，还是有一定道理的。因为人的思想啊，感情啊，都会通过脸部的肌肉变化表现出来。比如高兴地大笑，痛苦地大叫，都会在脸上显现出来，比如心中的惶恐和害怕也能通过脉搏显现出来，人们发明测谎仪，不就是很好的例证吗？现在的人真是聪明，为了美容，发明很多方法，除了抹油脂的化学方法之外，还发明了拍黄瓜、豆渣加鸡蛋等等绿色的物理手段，真是叫人拍案惊奇呢。

当然，林子大了，什么鸟都有，什么也都有例外。政治家的脸上你就看不出真实来，尤其是那些"成熟"的政治家，他们的脸上永远是虚假的故乡。他们可以根据时间地点场合等等的不同，娴熟地运用变脸的技能，来应付不同的需求，该笑时笑，该哭时哭，那表演火候掌握得比那台上十年功夫的专职演员是有过之而无不及的。

曾读到一篇古代笔记小说，说的是两面人国的事。该国国人展示在前面的一张脸，是慈眉善目脸方鼻正的正人君子，可揭开头上的方巾，却是狰狞可怕、骇人惊闻的骷髅，也许历史是惊人的相似。现在的社会，灯红酒绿、尔虞我诈，为了"熙熙攘攘"的利，人们可以无所不用其权，有时候简直到了连自己都不相信的地步，真是"不是我不明白，是这世界变化快"啊，人的真诚、拙朴、善良、恭敬、谦让全都被假面具、假语言、假温情、假善良打得稀巴烂，过去说，除母亲是真的，父亲是假的，现在，就连母亲真的地方也没有多少了。

在击剑中，人们戴着面具，那是为了防止对手误伤，生活中，人们戴着面具，却是为了更有效地伤人，做到损人利己。曾听到一位高人说，在这个社会上生存的最高境界是"让人弄不清你"，这也就是瞒天过海，让别人总以为你有后台，有背景，是个人物，人们就会怕你、媚你，你自己生活就会如鱼得水，游刃有余。还有的人的生存哲学是"要么忍要么残忍"，听听都让人胆战心惊。这也是"人生小社会，戏台大人生"的最高写照啊。

萨特在《禁闭》中说，他人就是地狱，而我说，在现今的社会中，除了"他人是地狱"外，自己难道不也是地狱吗？

今天的现实是，可看之脸越来越少，我以为目前可看之脸有三类，一是未上学之前的儿童，尤其是新生儿的脸，那真是赤子之心稚嫩之脸啊，没有丝毫的做作，没有丝毫的世俗之气，想哭就哭，想笑就笑，想尿就尿，想屙就屙，不分什么场合和时间，真的是本真自我。二是已风化成了松树皮啊核桃皮啊什么其他的脸，他们已经无欲无求，他们的思想啊行为啊都成了岁月的尘土，他们早已把孔子的"三戒"啊三畏啊什么的带到了另外一个世界。脸变成了他的后辈们念想他们的符号，至少在清明节这一天记住他，感念他，也就成了后人们的寄托。三是我所了解的纯真少年的脸。他们尚未被污染，小荷才露尖尖角，浑身的青春和阳光，看了他们，我会怀念少年的我，感慨现在的我，惧怕未来的我。

　　人类是在不断与时俱进的，社会也是在不断向前发展的，这是不争的事实。有的穿得越来越少，努力用肉欲来勾引人们的目光和欲望，有的人把自己的脸做得越来越"好"，离父母制造越来越远，我真的不知道这是进步啊，还是退化。培根说，"人不是一座孤岛"，是的，社会是人的社会。如果人们都要做两面人，多面人，那社会沉沦、人类消亡的时间就不会太遥远了，做人做事还是应该"厚道些"，还是应该以本真的我立于社会的好。如果你看完我的这些文字，认为我写的全是些垃圾，也是个"不要脸"的用垃圾赚钱买块豆腐吃的货，我只能反问一句"为什么呢"，然后无奈地说，你太有才了……

邻居的钥匙

黄粱美梦一惊，看看表上班已经迟了。

迟了也就迟了，反正今天领导不在。

于是便慢腾腾不慌不忙的出门。

在锁好家门拔出自家钥匙的同时，邻居家门上的钥匙一下子进入了我的眼睛，差一点刺痛了我的神经。

怎么回事，现在已经是上学的走了、上班的走了的时候呀，邻居家的钥匙怎么会孤零零地挂在门上，像个孤儿一样没人疼没人要的样子。

是进去拿东西去了，还是走得匆忙忘记拔掉了？

我站在门口，脑子快速思考着，耳朵也快速搜索着，搜索着声音的蛛丝马迹。可是，七月的楼道里静悄悄的，就像战争打响前的寂静，有瘆人的意味。

等等看吧，钥匙可是打开家门唯一合法的工具，主人怎么会忘记呢？

十分钟，二十分钟……

还是没有动静。一只大头苍蝇在楼道里超低空飞翔侦察了一番后，走了。

怎么办，怎么办？

当，当，当……

我敲了三下门。

没有回音。

嘭嘭嘭……

还是没有回音……

怎么办？

用钥匙把门打开，再把钥匙放在屋子里锁好门。

我的第一反应就是这样。

不！有一个声音在我耳边响起，我告诉自己，你不能进去，那可是人家的私人领地，你有什么权力进去呢？你进去了，你就什么也说不清楚了。退一万步，说你是个君子，不会去动什么东西，可你的眼睛已经把屋子的一切尽收眼底了，你能忘得掉吗？

再万一，人家正和陌生人在屋里约会呢？

可是，总不能让钥匙就这样像个忠诚的卫士在锁子眼里站岗吧。

那就把钥匙拿下来，自己带着去上班，晚上回来后再还给人家不就完了嘛，这么简单的事。

不行！

你从来就没有进过邻居家的门，更不了解邻居是个什么样的人，只是偶尔在楼道相遇，陌生人一样擦肩而过，你能保证人家相信你没有"克隆"一把钥匙，等有机会的时候去参观人家的天地，这把钥匙可是将会在你手里待上一下午啊，这么长的时间，什么事情做不成呢？

可是，俗话说，远亲不如近邻，近邻不如对门，总不能让小偷成为这把钥匙的暂时主人吧？

不行，反正怎么也不行？邻居那个满脸横肉的婆娘把垃圾扔在门口惹得苍蝇频频光顾，你看不惯，在带了几次垃圾之后，终于忍不住敲开门说明情况时，那婆娘不仅没有好话还张着狮子样的大嘴说，我的地盘我做主，我想怎么放就怎么放，想放到什么时候就放到什么时候，碍你什么事了，受不了，有本事搬走啊，搬到高档小区去，搬到别墅去……

你讲不讲理啊？

我没理我讲什么理啊？

你狼狈逃窜，让妻子一顿数落，你忘了？

可是，问题总是要解决的吧？

万一小偷用这把钥匙打开邻居家门，偷走东西，满地狼藉，那我与小偷的同谋帮凶有什么区别啊？

不论怎么说，反正这把钥匙在今天这个下午，是不能待在我身边的。

另一个我严厉地对我说。

比西西弗的巨石还要沉重不知几千倍呢，我顿时感到浑身一阵阵地发紧，恨不能马上进屋到沙发上，躺在那里再美美地睡上一觉。

我把自家的钥匙也偷偷地插进锁眼，然后退后一步，两家门上的钥匙，并排站在那里，彼此不看一眼，陌生得像两个国度，两种语言，两种肤色的家伙。两把钥匙只有几十厘米的距离，可此时在我看来，不知道有多么遥远啊。

你可以不高尚，但你不能卑鄙。

我再一次敲门，确认没人后，钥匙便乖乖地像听话的宝贝一样，进了我的口袋。

我听到了那扇门对我说，谢谢你，谢谢你！

外面的阳光照得人眼睛都睁不开。路上的人流车流都慌不择路，不知道要忙着做什么。

到了一条清水沟前，我停住了车，下车后，掏出那串钥匙，其实那也不叫串，只有两把而已，然后，一甩手，那两把钥匙在空中划了一条很优美的弧线，还反射出几束光，在我的眼前晃了一晃……

我的浑身一下子卸掉了山一样重担般的轻松，一股微风吹来，清爽至极，沟边的草地上不知名的花儿开得正艳，仿佛，还散发着少年时便熟悉的淡淡的香味……

这时，我听到另一个我有点狡黠的爽朗的笑声……

螃蟹的上访信

尊敬的纪委领导：

你们好？现在流行上访，今天，我也要上访一下，只不过，由于我的行动速度太慢，而且事态很严重，也为了节约成本，我就用邮箱给你们发一封邮件反映一下我的冤情，请领导为小民做主。

中秋，是中华民族传统的节日，它是喜庆，更是祝福。国人的传统，是节日，就要送礼，以表达对亲朋好友的思念和祝愿，联络感情，增进友谊，这本来没什么不对。礼物多了，月饼乃是传统之物。本来，送月饼没什么奇怪，奇怪的是有些别有用心之人，为了达到自己不可告人的目的，在月饼上做了很多的文章，用了很多的心思，真可谓机关算尽啊，有做金月饼的，有做银月饼的，"各人自扫门前雪，莫管他人瓦上霜"，本来这不关我的事，我也不用操那个闲心，只是过自己的日子罢了。可是，最近，有人打起了我的主意，某些人为了牟取私利，居然要把我装入纯金盒子，美其名曰"中秋黄金龙凤蟹"，售价高达99990元，这就不能不让我有话说了。

追名逐利，本是商家的本质，这没有什么不对。从原来的天价月饼，到现在的拿我做诱饵，在我的身上找卖点，还要打着崇尚礼仪、弘扬文化的幌子，却总让人感到"礼数"在这里变得那么势利、那么铜臭又是那么的可笑。本来，我只是一种自然之物，我有我的生存法则，那就是我不去刻意伤害别人，别人也别来伤害我，用那个伟人的话说，就是我不犯人，人不犯我。可我也知道，在人面前，我本来就是弱者，是人的一道很有营养的好菜，特别是在中秋之际，正是我最肥美的时候，人们更是以我为美食的首选了，当年那个叫鲁迅的先生，不就称赞过第一个吃我的人嘛，这也没什么，这是由自然法则决定的。但是，你们人类现在不是讲人与自然和谐相处嘛，不是讲要爱护动物嘛，不是讲要有爱心嘛，可为什么要把我当作一种权权、权钱，甚至权色交易的媒介呢，这无疑侵犯了我作为自然之子的权利，强加给了我一顶腐败的帽子，说什么我也是不能答应的。更何况，把我圈在所谓的金盒子里，不给水，不给吃的，我怎么生活啊？还不如直接成为人们刀下鬼痛快呢！现在，我把心里的话说给领导，请你们干预一下，让他们尽早打消那样的想法和做法，要不然，我会给国际动物保护协会写信，揭发他们这种虐待动物的做法，到那时候，我们谁的脸上都不好看，毕竟，我还是生活在中国大地上的螃蟹嘛，我还是知道并且遵守我们党和国家的法纪的嘛！

可能有人会说，让你住进你想都不敢想的金屋子里，你不要不知足吧。人们有句话说得好，金窝银窝，不如自己的狗窝，对于我而言，也是这样的，什么都不如我住的泥窝强啊，毕竟，那是生我养我的地方啊！

"桂子月中落，天香云外飘"，"皓魄当空宝镜升，云间仙籁寂无声"。中秋佳节，迎风赏月，是无限快事，体现了中华民族的浪漫，寄托着人们对圆满生活的期待。月亮的皎洁与高雅，也让人联想到光明磊落的人格。然而，"黄金龙凤蟹"的诞生，无疑会使送礼和受礼双方的心灵都受到腐蚀，使双方的人格大打折扣，这不能不说是一个严重的问题，请务必引起领导的高度重视啊，因为，我听说，贵党近日召开的党的会议，一个重要的议题就是研究加强反腐败工作啊！

实话说，走路我是有点霸道，可这绝对不是我的本意，是造物主在造物时不小心弄错了规则，造就了我的本能啊！还请高贵的人们原谅我和我的家族。

我在这里和我的家庭成员们恭候领导的答复。

中秋将至，我在这里祝领导们节日快乐，身体健康！

一个无名的螃蟹敬上
2009 年 9 月 16 日

破除形式主义咋这么难？

在国人的意识当中，形式是很重要的东西，有时候，甚至超过了内容本身。比如中秋的月饼，比如会议的标语，会场的鲜花，比如领导的席签，领导席前的水果，比如领导要来视察了，当地官员到自己的一亩三分地的地头迎接等等。如果放在常态之下，这些也许是必要的，也是礼数要求应该做到的，好像也没什么不妥。

作为一个正常人，出门要穿靴戴帽把自己搞整齐，这不算过分的要求，也算是对自己和观众的负责吧。可在非常态之下，你如果再按照常规出牌，不是脑子进了水，就是神经被谁挑断了。比如地震来了，你只穿了一条裤衩，你为了做一个正人君子，不让自己的形象污染别人的视觉，你要穿好衣服，戴好帽子，系好领带，然后再迈着方步下楼，要是这样的话，我想，如果你的运气不好的话，如果你住的是豆腐渣楼房，那么，你毫无疑问会死得很难看，会很"影响"救援队员的视觉。

最近，我看了一则新闻，就很有这样的感觉。是一个在玉树召开的救援工作的会议，也不知是谁的脑子被地震变形的门板挤扁了，竟然在会议的桌子上摆放上了香蕉啊什么的时令水果。要是在平时，这没有什么不好，我们毕竟是经济发达了嘛，要想让我们的领导活得有尊严，吃点水果应该不算什么的啊，可是，在时间就是生命的此时，我们的会议组织者们还为领导考虑得这么周到、这么仔细，真的让人很是思量啊，也不知道他们在考虑群众的生命时是否也会这样周到，这样人性。

形式主义就好像是个无赖，更像是一个啃老族，形式主义的三寸金莲，好看是好看，可真的是如毛主席说的，是懒婆娘的裹脚，又臭又长。鲁迅先生的"腐烂之处美如鲜酪，红肿之时灿若桃花"，用来说明形式主义的危害，是胖媳妇骑瘦驴——恰如其分（缝）啊。形式主义的危害谁都知道，但为什么就是不能根除呢？古人说，上有所好，下必甚焉，如果没有上面人的摆架子，装大象，下面的人一般来说，是不会装孙子去曲意逢迎的，当然，也不排除有个别的下级，为了让上级满意，满足上级的视觉盛宴，从而给自己的上升制造政绩，而去刻意营造一些形式主义的东西，比如砌观赏墙，借政绩羊什么的，比如警车开道，比古时候的肃静、回避，黄土洒道更像那么一回事，更别说把荒山染绿、培训受访群众等等一些高招了。

现而今，科学发展已经成为了从上到下的共识，在嘴上，谁都会说，可在实践上，在领导层面，还是有不少拍脑袋决策，拍胸脯保证，拍屁股走人的现象，真的是一个老百姓算个"屁"，什么问政于民，问计于民，全都是扯淡。究其原因，最为重要的，还是在考量干部的政绩、决定干部的升迁时，小小的老百姓没有发言权，更没有否决权所致，所以才造成了干部只对上负责，只对下敷衍，致使形式主义泛滥成灾，严重影响了党和人民的事业，败坏了党和政府的形象。

质胜于文则野，文胜于质则史，文质彬彬，然后君子。形式与内容，是相辅相成的。但在我看来，在社会主义的初级阶段，为老百姓办事，还是少些形式的东西，多些内容的干货，这样，我们的社会才能更和谐，老百姓才能得到更多的实惠，也才能行使作为一个正常公民的权利，才能活得更有尊严！

人类文明的发展，有两个判断标准，一是人与自然的关系，可以用科学技术来衡量，二是人类自身良知和道德建设，可以用人类对自身文化的反思来衡量。对于我们所承受的形式主义的灾难，如果我们只是一味地去应对承担，而不从自身进行彻底的自省，不从人性的层面来进行自我的反对，不在制度的层面进行置之死地般的改革，没有当年朱总理既为别人准备好棺材，也为自己准备好后事的决绝，那么，我们将会永远处在败境，将会永远悲哀地背负"后人哀之而不鉴之，亦使后人而复哀后人也"的耻辱，将会永远没有涅槃的那一天，更遑论大国的责任和中华民族的伟大复兴了！

羞耻感亟待拯救

风声雨声读书声，声声入耳；家事国事天下事，事事关心。实在是没事干，我最近关心了两件旧事，很是感慨。一是2008年9月动荡日本政局的毒大米事件，事件本身并没有致人死亡，但事后农林水产省大臣太田诚一引咎辞职，奈良县米老板中川昭一因受不了良心折磨而自杀；二是2008年10月俄罗斯奥伦堡州中学教学楼楼梯坍塌导致5名学生罹难事件，该校副校长同时也是遇难学生所在班级负责老师，在羞愧自责中自尽。对于这两件事的当事人来说，法律肯定会给他们以裁决的，但在还没有裁决之前，他们却先自我了结，其自裁的决心与勇气，是来自于灵魂深处的羞耻感，来自于对生命的敬畏，来自于对自己的尊重。与此相比，在我们本土，类似苏丹红、三聚氰胺等等食品含毒事件、塌楼塌桥致人死亡事件时有发生，谁见过谁因此感到耻辱而自责乃至自裁的，不用说没有自裁的，就是主动引咎辞职的你见到公开报道的有多少？

为什么没有呢？一言以蔽之，在我们这个曾经很看重羞耻的国度，羞耻感已经严重沙漠化，成了稀缺资源。请看，在知识界，一些知识分子羞耻感丧失，已成常见现象。70多岁足可以做爷爷的老教授"潜规则"女学生的有之，论文抄袭的有之，学术造假的有之。对这些有足够的理由，说什么作假是为了"学院发展""学科发展"，而教授、博导、校长论文抄袭则是做好事——"为帮助学生发表论文"。你看看,造假的理由是不是很雷人很"高尚"很一本正经啊!正如流感会传染一样,在政界,耻感也快要成了国家级的"保护品种"了。有的贪官说,"谁送了钱我记不住,但谁没有送,我记得住",还说"我不是庸官"云云,有的说,"我是讲诚信的,我给人办了事,收点钱,是应该的,我从来没有不办事收钱的","我的腐败是温和的",有的说"那些钱是借朋友的",有的说,那些钱是"人情往来",有的说,"收钱是为了搞好上下级关系",等等等等,什么说法都有。按说,贪官被雪亮的眼睛揪出来,本应感到羞耻,本应反思自己对党和人民的辜负,可他们却在为自己找这样那样的理由,如果不是自欺欺人的黑色幽默,就只能是无耻至极了。俗话说,人可以无耻,但作为权力者,你不能无耻到这种地步啊!

知耻,是中华文明传承的丰厚遗产。我国传统文化历来看重"知耻"精神。孔子说,"记己有耻"。孟子说:"人不可以无耻。"《礼记·中庸》有句名言:"知耻近乎勇。"意思是,知道羞耻就接近勇敢了。"礼义廉耻,国之四维,四维不张,国乃灭亡。"管子是从国家生死存亡的高度看待"耻"的。古代的仁人志士甚至将荣辱放到了与人格一样重要的地位,"不知荣辱乃不能成人""宁可毁人,不可毁誉"。明代顾炎武说"国家兴亡,匹夫有责"。"寡人闻古之贤君,不患其众之不足也,而患其志行之少耻也。"司马迁正是为了雪耻,才发愤著书,完成了"究天人之际,通古今之变,成一家之言"的伟大的《史记》,越王勾践不忘耻辱,卧薪尝胆,十年生聚,十年教训,三千越甲终吞吴;二战后,日本的战败国的耻辱感促其发奋图强,最终跻身于世界强国之林。毫不夸张地说,一个强盛的民族往往崛起于这个民族沉重的耻辱感。把羞耻感上升到文化的层面,就变成了"耻感文化","耻感文化"可以说是人类文明进步的象征,是人类文化素养的体现,是完善人格的美德标杆,是人类最深厚的道德考量与实践,是需要我们必须珍视的一种道德追求。耻感缺陷,肯定会导致道德滑坡,而道德滑坡,必然会招致良心泯灭，会导致伦理的沦丧。知耻，也是人类公认的一种美德。因为知耻，才能用羞耻之心来约束自己的行为。人类也正是因为有了这种内省观察的"一日三省吾身"的自觉，才有了批判自我的精神，才有了"修身、齐家、治国、平天下"的羞耻感，才有了文明的生活方式。

耻感文化的缺失，已经是一种危机，再缺少产生耻感的外界压力，简直就濒临绝望了。法律惩戒，媒体批评，社会评价等都未能执行到位是最好的说明和印证。朱学勤先生说，我们生活在一个有悲剧，却没有悲剧意识，有耻辱，却无耻辱感的时代。真是找准了问题的穴脉。那么原因何在呢？其实"地球人都知道"，制造悲剧者，代价太小，有的甚至没有代价，制造耻辱者，惩罚太轻或者不受惩罚才是无耻之所以流行的土壤所在。

清者自清，浊者自浊，可在羞耻感缺失的今天，浊者自浊自不必说了，可清者能自清吗，这要打一个大大的问号。与"不要同陌生人说话，以防上当受骗"的提示一样，与"钓鱼"执法一样，与张海超"开胸验肺"才能证明自己的肺病，孙中界要"断指自残"才能证明自己的清白一样，都是人类生存环境和生态机制本身失去了和谐的表征，是社会机体病变的显现。

对于羞耻危机，反思是必要的，但目前紧要的是在反思的同时，抓好制度重建，构筑道德机制，最为重要的，是把现有的制度和法律实实在在地执行好，尽最大可能减少人情的浸染，减少"皮筋"效应。反思太多，躬行太少；说的太多，做的太少；指责别人太多，苛求自己太少，我们的不少事情都是这样，是到了必须要改变的时候了，而要改变，首当从拯救羞耻感做起！

圣经里曾说，上帝要使谁灭亡，必先使谁疯狂。柏拉图说，惩罚紧紧跟在罪恶的后面。现实告诉我们，在毫无节制的物欲面前，重塑我们的道德羞耻感，已刻不容缓。肯尼迪说，评判一个国家的品格，不仅要看它培养了什么样的人民，还要看它的人民选择对什么样的人致敬。

一个民族，没有现代科技，一打就垮，而如果没有优秀的传统文化，没有对耻辱的自觉，便会不打自垮。让我们对那些还保存有耻辱之心的人们致以崇高的敬意，牢记龚自珍"士皆知有耻，则国家永无耻矣；士不知耻，为国之大耻"的教训，在生活中恢复并保持一种耻辱感与敬意。

虚拟网络的娱乐与现实世界的可怕

民间有句俗语，说饭饱生淫事，其实这话也没什么不对，老先人都说性是人生不可少的正经事呢。现代人，饭饱不是问题，问题是饭饱以后做什么事。书嘛，没兴趣看，网嘛，上烦了，钱嘛，金融危机了，不好赚了，就连曾经让人心生羡慕的大学生们，都是"上网打球谈恋爱，虚度四年光阴，考研出国找工作，生活猪狗不如"，更何况是普通人了。就在全民迷茫之时，一个聪明人设计了一个聪明游戏，叫QQ农场，让人们在上面"采菊东篱下，悠然来种田"，返璞归真，释放心中的无奈。设计者最聪明之处，是在游戏中设计了一个功能，就是作为一个农民，你可以在别人的田地里，随意地去偷窃成熟的一切农作物，以满足自己的需要，虽然偷的数量有限制，但这一天才的设计，吸引了无数人的参与，满足了国人的虚伪与自足。

国人历来爱占小便宜，其心理特征是窥，其行为特征是偷。其一是偷人。看看这个"偷"字，很有意思。竖心旁，说明"动心了"，繁体字的"偷"右边的"俞"字，上面是一个三角形，尖是冲上的，知道一点古文常识的人都知道，这与生殖有关，下面呢，是个"肉"字，说明与肉体有关，"肉"字旁边，原来不是立刀，是个三点水，这样一说，善于想象的你就应该明白了吧，"偷"的本义就是做爱出水的意思了。可见，在古代，"偷"专指肉体上的快感。当然，阔老爷少太爷们有的是三妻四妾，但他们还嫌不够爽，皇上老子有三宫六院，还把公开的"偷"人叫作宠幸，我也不能不"偷"个把人吧。"待月西厢下，迎风户半开。浮墙花影动，疑是玉人来"够诗意够浪漫的了吧。与此相对，老百姓们却在那里一个劲地"硕鼠硕鼠，无食我黍"呢，哪有什么心思与精力去想什么锦衣玉食的事。"偷"人的最盛在当下，什么二奶了三奶了以至 N 奶了，家里红旗不倒，外面彩旗飘飘。有的甚至聪明得很，用什么 MBA 来管理自己的一群" B "，看来，知识就是力量真的是一句真理啊。其二是偷钱。其实这里的"偷"，应该是"窃"，伟大的会写四种"茴"字的孔乙己先生"窃书不能算偷"的释义是最好的注解。在古代，与物质有关的"偷"，都叫作"窃"。还有一个笑话，说一个贼娃子，每天晚上都要出去瞎转悠，哪怕是偷上半块炕面子回来，他才能睡着。你看，国人自私自利的嘴脸，是多么昭然若揭啊。其三是偷钱。娄阿鼠为了十五贯钱，就能把一个人给杀了，可见对人的生命漠视到了什么程度。偷钱的最高境界是神不知鬼不觉，偷钱的最好时代也是当下，偷钱的最典型代表是腐败分子。他们智商高，手段妙，偷得让人心服口服。他们一偷就是几百万几千万，还不把钱放在自己的国土上，不用来拉动本国经济，而是爱兑成很"美"的元，放在异国他乡，好像真他妈的外国的月亮比中国的圆似的。其四是偷工。偷工是一种劳动的不作为，其目的是用最少的劳动，换取最大的利益，实质还是占便宜。有时候，偷工是可以理解的，毕竟人的精力有限，超负荷地工作和劳动，是吃不消的。特别是在为那些周扒皮一样的工头们工作的时候，偷工更能得到人们的同情。可道高一尺，魔高一丈，工头们为了榨取更多的剩余价值，搞计件的办法，偷工者们就没了招数，为了养家糊口，只好力尽汗干地苦拼了。偷工，延误的只是工程的进度，减料减的却是工程的质量，如果"偷工"和"减料"苟合在一起的话，那就不妙了，就会生成一个又一个的工程怪胎，就会出现许多的"楼歪歪""桥脆脆"的优质工程，就会吓出有良知的人们一身又一身的"阿富汗"来，也就会制造出许多许多的"偷钱"者来。

与"偷"有关的词语很多了，什么偷税了，偷懒了，偷渡了，等等，反正一句话，只要与"偷"字一沾边，就没什么好形象，就会显得"偷偷摸摸"的不光明正大。找来找去，好像只有那个"凿壁偷光"还有那么点人情的温度。

　　偷菜游戏之所以流行，是人性被压抑，性格被扭曲，生存环境极度荒漠化的表现。虚拟世界的东东，什么都可以玩，偷菜也好，偷钱也罢，想咋玩就咋玩，可这种心态与行为，如果移植到了现实的生活之中，就会变异，就会产生不良的后果。往小说，会受到社会道德价值观的考量，往大想，一不小心，就会有大牢啊黑老碗什么的等着你，没准，你就会被"躲猫猫"，连小命都没了呢。如果人们再不警醒，《2012》的悲剧与灾难，真的是离我们不远了。其实，人只要没有了"偷"念，就会活得很简单，很纯朴，"一单食，一瓢饮"，足以让我们感恩于生命的伟大，感动于自然的恩赐了。

卵真的不能击石吗?

有句成语,叫以卵击石,意思很明确,那是蚂蚁当车,自取灭亡,是老百姓说的"老鼠舔猫屎——自己找死",这是中国特色的"以卵击石",可事情往往也有特例,那么外国有没有以卵击石的呢?有,又是什么结果呢?先来看看两个外国的事例吧。

美国西雅图84岁、孤身一人的梅斯菲尔德太太,拥有一座90平方米的破旧小屋,开发商开出了几倍于市场价的百万美元补偿,但她不肯搬,开发商无奈,只得更改大楼设计,三面围着她的小屋建起了凹字形的五层商业大楼。几年过去了,大楼项目主管马丁和老太太成了忘年交,给老人洗衣、做饭、带她看病。后来,老太去世,把房子留给了马丁。目前该房屋被命名为"信念广场"。另一位是华盛顿马萨诸塞大街上的建筑设计师斯普瑞格,拥有一幢小楼,开发商给出了高出市场价八九倍的300万美元的高价,而他不在乎钱的多少,唯一的要求是参加开发商的建筑设计团队,但遭到婉拒。于是这位先生当起了钉子户,开发商则重新设计,摩天大楼让出小楼的地盘,在其三面和上面建筑开工,并给小楼安了密密麻麻的支架,以防倒塌。如今24年过去,斯普瑞格在自己的领地坦然进出。

看完外国的事例,按照常规,应该再来看看中国的事例了吧,可是,我真的不想让各位看官知道中国的真相,但,我做不到,我没有封杀网络的本领，我没有下红头文件的能耐，所以，许多中国式的"以卵击石"的事例，无一例外地被我的同胞们知道了，什么唐福珍王福珍式的自焚了，什么温春梅式的还没有签订拆迁协议，房屋就被拆迁办"不小心碰倒的"了，什么黄建英式的买菜回来竟发现房屋被夷为平地，家里所有东西不翼而飞了等等，好了，不再举例了，这样的例子，比天上的星星，还要多呢，再举，已经没有什么意义了。作为一个平头老百姓，俺就想不通了，为什么中国式的"卵"咋就这么容易碎呢，一点儿硬度都没有，特别是在"权为民所用，利为民所谋，情为民所系"喊得震天响的今天，特别是在讲究老百姓的事比天大的今天，特别是在追求老百姓幸福指数，讲求和谐，让人民活得有尊严的今天，为什么会出现狂暴的"石头"把"卵"们击破碎的现象，从而重复"吏呼一何怒，妇啼一何苦"的古代式的悲剧呢？

究其原因，只有一个，那就是官方与开发商的相互利益的联结，导致了漠视百姓的合法权益甚至生命现象的存在，乃至泛滥。要不然，作为人民公仆的黑龙江东宁县某县长怎么会在该县棚户区改造动员大会上，奉劝钉子户打消"非分之想"，告诫他们"不要与东宁人民为敌，不要以卵击石"。过去，在形容人民群众与党的关系上，只听过鱼水关系的比喻，可从来也没有听过什么卵石关系的说法，我听过"你准备替党说话，还是替人民说话"的高调，也听过"人民是个屁"的屁论，可还从未听过"以卵击石"的怪论。听了这样的"雷语"，真的让作为老百姓的我来说，心里拔凉拔凉的。试想一下，如果党和老百姓的关系真的到了卵石的程度，那么我们党的执政地位还能牢固多久呢，还有多少基础呢？汶川地震的损失之所以那么大，除了自然破坏的不可抗力外，建筑上的偷工减料导致的豆腐渣工程，也是一个不可小视的因素啊，这样基础不牢固的教训，不能不引起我们足够的重视和反思。

过去，有一种论调，总是说外国的月亮不可能比中国的圆，可在对待拆迁户的态度和人性化这方面，我要说，外国的月亮真的可以比中国的圆啊！

在 2010 年召开的全国人大会议上,已经把"拆迁"改成了"搬迁",而且修订了许多的内容,这是一个好的开端。可是别忘了,中国特色是经是好经,全都让歪嘴和尚念歪了的事实。所以说,修改一个法律法规是容易的,但不走样地执行它,在执行中讲求和谐与人性,才是最为重要的。从 3 月 28 日到 4 月 2 日,新华社以《红火景象下的楼市之忧》为开篇评论,连续 6 天播发评论,对房地产当前的问题进行了全方位的解读。矛头直指地方政府,痛批当前房地产市场的根源所在——土地财政以及腐败所酿生的高地价高房价。这说明,所谓的岳母推高房价的说法,只是草根的一个黑色幽默罢了。遇强不怕,是勇气,遇弱就欺,是愚昧。美国之所以会出现"卵"比石硬的现象,那是因为她的法律有像母亲爱护子女一样的温柔与温情,那是因为她的执法者有像敬畏死亡一样尊重她的服务对象的人性关怀。但愿我们的国家能出现越来越多的硬度像钻石一样的"卵"来,依靠坚硬强大的法律,来保护自己的合法权益,来实现"居者有其屋,劳者有其作,患者有其医,幼者有其学,老者有其养"的作为人的生存的需要,来享受做人的尊严!

挨揍的屁股、刺字的脸与被剁的手指

　　小孩子刚出生的时候，接生婆都会将他们倒挂金钟，在他的脚心上拍一巴掌，然后他才会哇地哭出声来，宣告自己来到了这个世界上。等大了一些，凡是犯了错误，大人总要惩罚的，惩罚的部位也好像总是在屁股上，大人知道，头是打不得的，怕把孩子打傻了。

　　等到成人了，犯了错误，受惩罚的方式和范围就多了。比如写检讨书啊当面承认错误啊开展自我批评啊什么的，但作为受"心"支配的身体各部位，好像也还是需要为"心"付出沉重代价的。比如古代的打多少多少大板，那大板打的地方，好像还是屁股。对囚犯的惩罚好像还有往脸上刺字的，比如曾经统领几十万兵马的林冲教头。就是到了今天，打屁股的方法还在新加坡这个很文明的地方实行着，只不过是人性了一点而已。新加坡鞭刑使用的是皮鞭，打鞭的要求很高，一鞭打下去，要皮开肉绽，打完一鞭后医生当场检查，如果发现受打者再也不能承受下一鞭，便会让停下来，过段时间这一鞭恢复好了再打。而且执行鞭刑的时候，还要拍照，还要登在报纸上。新加坡现在每年都有千余名的男性被判鞭刑，适用鞭刑的罪名包括抢劫、贩毒、贪污等等。在阿拉伯国家，凡是犯了抢劫罪的，每犯一次，便剁掉一根手指头。

　　人非圣贤，孰能无过。人犯错误总是应该受到惩处的，这是维护社会公序良俗的必要手段。打屁股也好，鞭刑也好，剁手指也罢，都是为了让人吸取教训，绝不是无缘无故的让人的身体部位受到不应该有的伤害。比如脸上刺字，手指被剁，人们一看，就知道有前科，就会加以防范。比如鞭刑，不仅是一种刑罚，更是一种耻辱，在新加坡受过鞭刑的男子再不得在军中服役，而姑娘择偶，往往也会让媒人检验小伙子有无鞭痕。

他山之石，可以攻玉。我们不妨借鉴一下先人的经验和邻邦的做法，在脸上刺字，在屁股上留痕，让手指头消失（当然这好像与人道背离得太远了），从而达到警示世人的目的岂不更好。对人所犯错误的惩处，有时候，法律的道德的方式收效是有限的，而一些特殊的方式，却会有意想不到的效果。比如对贪官的惩处，你给他法律处分，你给他判刑，你让他忏悔，你让他剖析思想深处根源，对于教育自己，特别是对于教育别人，作用好像都不明显。你要是也在他们的脸上刺上字，剁掉他们的几根手指头，估计那些正在贪或正想贪的人会很自觉地看看自己的指头，摸摸自己的脸，然后就得仔细地算算政治账、经济账、家庭账、亲情账了。

古语说，"心之官则思"，本来人的各个器官犯了错误，其根源在思想，在灵魂的深处，大脑犯了错误，却让受它支配的身体的其他部位代为受过，你说屁股啊、脸啊、手啊的冤枉不冤枉呢？没有规矩，不成方圆。只要我们的"心"能按照道德的、法律的、良心的规则去"思"，那么，我们的屁股、脸和手以及身体的其他部位，就不会越轨，也就不会很冤枉地去替"心"买单了。

从尾巴说起

人有尾巴吗？人当然是有尾巴的，只不过在达尔文的理论实践中，尾巴进化没有了，这是人类有别于其他低级动物的标志之一。可是，进化是进化了，但并没有进化彻底，要不你摸摸自己的屁股，肯定能摸到尾巴桩桩。其实，不光是尾巴桩桩在，就连尾巴的许多作为，依旧存在，存在的标志有许多，予谓不信，请看：

一是夹尾巴。这是最大众化的具有普世价值的一种生存之道，犹如现在网上偷菜一样泛滥，也是年长者、领导者及亲近者训谕自己人的最基本的比喻。俗话说，祸从口出，病从口入。人们在是非面前总要多做工作，多干实事，多言己非，少论人过，是有道理的，也是生存的智慧。可推而广之，如果这种智慧是以丧失原则为前提的话，在我看来，那就不值得提倡了，因为它可以使原则变得虚无，失却人格，失掉社会的公序良俗，助长像老女人为了隐藏自我不得不一个劲地往自己脸上涂脂抹粉一样的不正之风。

二是翘尾巴。大凡翘尾巴者，都有自己的优势所在，要么是功高盖世，要么是权倾八方，要么是孤芳自赏，要么是虚张声势，但不论怎样，这类人都是自高自大自满自傲。关羽的武功够高的了吧，过五关斩六将千里走单骑，可他为啥败走麦城了，一个重要的原因是把自己的尾巴翘到天上去了，不但丢了自家性命，还影响了刘备先生光复刘姓帝国的美梦。"你是准备替党说话，还是替人民说话?"口气够大的了吧,可他的尾巴却把党和人民翘在了一边,结果呢,丢了帽子失了位子,只让自己后悔得直搥腔子。重庆的黑社会势力不小了吧,胡作非为,想做啥做啥,结果多行不义必自毙,被党和人民灰飞烟灭了吧。尾巴不是不能翘,但你得掌握一个分寸,掌握一个时机,拿捏得恰到好处,只有那样,你才能既展示了自己的天赋,又赢得了领导的好感,否则,只能是搬起石头砸自己的脚,疼得不得了,还不能哇哇地叫。

三是摇尾巴。但凡动物你对它们好,给它们好吃的好脸色,它们肯定会对你示好,其表现就是摇尾巴。有的人,采取这样那样的手段,向领导和上级讨好,当然也是为了利益。"人前说人话,鬼前说鬼话,人鬼不在说胡话。"他们可以拿原则来摇尾巴,可以拿金钱来摇尾巴,可以拿美人来摇尾巴,他们信奉"不信摇不倒,就怕没爱好",就是无缝的蛋,他们也能摇出缝来,就是得道的高僧,他们也能摇出你的凡心和尘欲来。然后摇得你天昏地暗,不知东南西北,不知党和人民的利益是什么,摇得你把"自己混同一个老百姓",摇得你"忘记了党的根本宗旨"。

尾巴对于动物来说极其重要。鱼的尾巴用来摆动身体,松鼠的尾巴用来保持平衡,绵羊的尾巴是"营养库",牛的尾巴是拍子和扫帚,鹿的尾巴可以做报警器,兔子的尾巴虽然长不了,但可以救命,猪的尾巴虽说没大用,却也可以当摆设来"装点门面"。

存在的就是合理的。大自然之所以保留了动物的尾巴,自有它保留的理由。就人的尾巴而言,早已只剩下一个桩桩,可人们总是怀旧。怀旧不怕,时常摸摸这个桩,感恩于造物主对自己的恩赐也是一种好事。怕的是依旧存在"尾巴心理",发扬"尾巴行为",并让它们大行其道。为了使人的生态环境绿色和谐,对那些夹尾巴、翘尾巴、摇尾巴之流的行为,应该用"绿坝"统统地封杀,让它们毫无藏身之地,从而光明做人,磊落处世。至于动物的尾巴,我们还是需要保护的,不能为了加速它们向人类看齐的步伐,就人为地反季节反时代地给它们"进化"掉。

"雅贿"当拒之

人生在世，脾气、性格、爱好各有不同，有人爱多喝几口，人们称之为酒仙，有人爱多吃几口，人们称之为美食家，有人爱赌，且赌得出了名，人们称之为赌神，有人爱侃大山，人们称之为遛逼犯，等等，不一而足。这就是所谓的萝卜白菜，各有所爱。作为一个普通人，只要你不违反法律，哪怕你是收藏某名人用过的马桶，哪怕你是收藏性感明星的内衣，那是没有人能拿你怎么样的，但作为一个党员，恐怕就不是那么简单的事了。我们知道，生活情趣是一个人志趣爱好的反映，一定意义上来说，它代表了人的品行和道德，或者说，对人的品行和道德的形成具有潜移默化的影响。党员同志特别是领导干部的情趣爱好，绝不是什么小事，而是事关党的执政地位和党风政纪的大事情。因此，作为领导干部，对自己的所"嗜"、所"好"应该慎之又慎，如履薄冰。

爱好有雅与不雅之分，对于雅好，我们都应该加以提倡，比如垂钓、集邮、琴棋书画等，可以放松紧张的情绪、驱赶身心的疲惫，享受生活的美好，陶冶高尚的情操，甚至可以提升人格魅力。一代伟人毛泽东"万里长江横渡"，显示出他"不管风吹浪打，胜似闲庭信步"的宽广胸怀和坚定信念。但对于不雅的爱好，我们就要坚决克制，以防一些别有用心的人，钻雅好的空子，使雅好成了拉人下水，以达到自己目的的"铺路石"的终南捷径。赖昌星的名言"不怕领导搞不定，就怕领导没爱好"，就是最好的证明。

对自己的爱好要有所隐藏。《韩非子》中的故事说，齐桓公酷爱穿紫色的服装，所以，全国人都好紫色的衣服，致使紫色的布价涨得很高。齐桓公问管仲怎样才能平息这件事时，管仲说你不穿紫色衣服就行了。齐桓公自己不再穿紫衣，并且看到朝中谁穿紫衣就说不好，几日之后，全国就少了许多穿紫衣的人。"楚王好细腰，宫中皆饿死"，说的不也是这个道理吗？

对自己的爱好还要有所节制。领导干部必须摆正个人爱好与工作的关系，分清时间、地点和场合，不要因个人爱好而贻误工作，对投其所好的人，要与人为善，正确引导，人性化处理，做到拒之有理、拒之有力。

"雅贿"的流行，是新时期反腐倡廉的一大劲敌。生活情趣连着作风，爱好之中反映党性。作为领导干部，一定要牢记八荣八耻，一定要自重、自省、自警、自励，模范地遵守党章，自觉践行八个方面的良好风气，时刻绷紧自己拒腐防变的心弦，算好政治账、经济账、家庭账，切莫跌倒在雅好的身边，使自己成为党和人民的罪人。

塞涅卡说，服从理智就能让万物从属于你。节制是自身力量的体现，通过节制来预防危害是最为明智的选择。"雅贿"有如温水，会让我们这只"青蛙"在不知不觉中走向死亡，有鉴于此，我们不能不防！

愚总的智慧

　　太行水泥国际贸易公司、王屋金银冶炼有限责任公司董事长愚公先生在硕大的桌子前正龙飞凤舞地练习书法，看他松鹤延年、仙风道骨的神情，不知情的人肯定会以为是碰上了千年的妖精。

　　办公室主任轻轻地推门进来，毕恭毕敬地立在桌子旁边，看愚总的一笔虎终于收起了尾巴。

　　"什么事啊？"

　　"愚总，是这样，环保局送来的停产整顿书再过两天就要到期了。另外地税局催收去年欠缴税费的通知书，再过三天也要到期了。据'线人'报告，地税局已经请好律师，起草好诉讼状准备起诉我们呢。三是市上刚刚发来文件，今年又要为贫困大学生筹资。给我们下达的任务是资助五名大学生。四是5·12就要到了，市上发文，要求企业再次为四川灾区捐款，说是自愿，其实是有指标的，给我们下达了十万元，您看……"

　　愚总迈着八字步悠闲地踱到办公桌前，慢慢地坐在跟随了他几百年的那把藤椅上，先是呷了一口上好的龙井，然后缓缓地出来一口气说：

　　"你知道市长最近要换人的小道消息吗？"

　　"知道一点点，好像是一个叫智贤良的人来接替市长，这人背景啊什么的不太清楚。"

"好吧，前两项事情你不用管了，后两项事情嘛，立刻安排，一点时间也不能耽误，速度！！"

主任转身走了，愚总轻声说，这老家伙几年没见了，又改名又升官的，我出山的时候你指手画脚，管闲事，现在，你来这里上任做市长，这回我的闲事让你管个够……

下午，记者招待会在瑶池人家大酒庄隆重召开，愚总穿着宽大的纯棉中式服装，精神饱满地坐在闪光灯之前，侃侃而谈。他说："我就是个农村孩子，自小吃够了没有文化的苦，俗话说，想要富先修路，要不是我们挖走太行王屋两座大山，哪有今天的好日子过啊。贫困孩子上学，是提高个人素质、培养人才的唯一一条路。我承诺，除了完成市上下达我公司的五名助学指标外，请求市上再增加十五名。我觉得，作为一名企业家，这是良心所在，更是责任所在。而且我有个建议，请我们资助的大学生们好好学习，学成归来，到我们的公司来，为家乡建设尽点力。"

现场一片掌声。

"至于给四川灾区的指标，市上下达的指标是十万，我们董事会研究决定，再捐一百万，尽尽我们的责任，体现一方有难、八方支援的中华美德。老先人说，德者，得也，你有了高尚的德行，你才有所收获。老先人又说，天之道，损不足而奉有余，对于企业家来说，奉献，是最大的得到。在公益事业上，我可以自豪地说，我们'不差钱！'"

现场掌声雷动。

第二天，当地各大媒体上全在头版头条报道太行王屋公司的善举，愚总更是"春风得意马蹄疾"啊！

第三天，愚总便走在了拜访智市长的路上……

愚总的智慧续

智叟市长刚刚上任，信访局局长就打来电话，汇报说有一老头想拜见市长。智叟市长一拍桌子说："什么老头，你们这里有没有规矩，市长也是谁都随便可以见的啊……"信访局局长一听，忙颤音连连地说："市长，他说和您是亲戚。""什么，亲戚，我这里可没什么亲戚，异地任职，我怎么会有亲戚了，你脑子进水了，也不想一想。"

"市长，要不，您先看一看，以免……"

智叟市长打开监控一看，一老者松鹤延年，仙风道骨，穿着宽大的棉布衣，坐在信访室的沙发上正在品茗呢。"咦，这不是愚公那老家伙吗？"虽然几百年没见了，智叟到底是人不老眼不花，一眼就认出愚公了。

"让他进来吧，但请你记住，他绝对不是我的什么亲戚，我看此人相貌堂堂必有学问。我正要找一位当地的长者，问计于他呢，这样叫集中民智嘛！人民群众的事情没有小事，作为公仆，听听主人的意见，是应该的嘛……"

愚公的前脚刚刚踏入智叟豪华的办公室，还没有和市长大人握手，环保局局长和地税局局长就跟着走了进来。智叟市长只好先和两位局长握了手，然后又用眼睛示意愚公先坐下。愚公抬眼看看二位局长，信步走出市长办公室。

"说吧，这回该有什么说什么了吧！"

"市长，是这样，愚公的太行水泥国际有限公司是一家污染大户，我们已经是第三次发整改通知书了，可整改书早已过期，他们硬是赖着不治理，也不停产，附近群众的意见很大，粉尘致使庄稼大量死亡，后果很严重。"

"那前两次是怎么做的？"

"前两次他们很顺利地交了罚款，这第三次……"

"作为环保局局长，你的责任意识值得肯定，但我要提醒你，你是准备替党说话还是替老百姓说话。据我了解，太行水泥国际有限公司，可是我市的纳税大户啊，他们每年上缴的税金占到了财政收入的三分之一，这是了不得的成绩，保护环境是对的，保护群众的利益更是没有问题的。讲究科学发展更应该是我们决策的理论依据。可你不要忘了，发展是硬道理，尤其是在我们这样一个经济不发达的民族落后地区，必须要走先发展后治理的路子，不断地做大财政这块蛋糕，我们才能有更多的钱来关注民生，为百姓办事。百姓的工作还是要认真做一做的，大家都应该有奉献精神嘛，你说呢？"

环保局局长脑子一转，急忙说："对，还是市长站的高度新，理论水平高，对科学发展的内涵理解得透，好吧，我回去立即撤回停产整顿书，再发动干部职工走下去和群众交朋友，做工作。"说完，环保局局长走了。

智叟市长看着环保局局长的背影微微的一笑。

地税局局长接着说，"市长，王屋冶炼有限公司不仅存在污染的问题，还存在偷税漏税的问题，去年年度的税收催收了好几回，他们硬是用种种理由拖着不交，我们已经拟好了起诉书，您看……"

"同志哥，你是知道的，去年以来，金融危机席卷全球，作为王屋公司，他们能幸免于难吗，出口受到限制，产品价格大跌，这是经济规律，不是他王屋公司本身能决定的，好吧，我先了解一下情况再说。"

"噢，对了，你学过那篇叫《愚公移山》的文章吗？"

"没有，我们上学的时候，那篇课文已经删掉了。"地税局局长满脸疑惑地回答。

"好吧，局长大人，你先走吧……"

愚公重新走入市长办公室，把门锁好和智叟紧紧地拥抱在一起。

"我说老愚，你咋搞的，连地方部门的头儿你都搞不定，你办什么产业啊。好了，你回去想办法把去年的税收交了，然后市上以支持企业渡难关和技术改造的名义，再给你拨回去，而且肯定比你上缴的税收多，这下满足了吧？至于污染的事，你们白天可以把除尘设备打开，晚上再关掉的嘛，也要注意一下群众的情绪嘛，不要太那么抠好不好？"

"好，好，我一定听老朋友的，对了，你初来乍到，吃住都不方便，这是我孙子开发的瑶池人家一套别墅的钥匙，还给你安排专门的保姆，这信封里有照片，保你满意啊，是金发女郎呢，人生得意须尽欢嘛。都是几百年的老朋友了，俗话说，百年修得同船渡嘛，有什么需要，你就一个电话，我一定唯市长你马首是瞻，给你办好。"

"你呀，这老家伙……"

说完，两个老伙伴爽朗地大笑起来……

晚上，愚公请智叟上练歌厅，愚公唱的是《愚公移山》，而智叟唱的是《向天再借五百年》，特别是那句：我真的好想再活五百年，唱得特别深情和到位……

心中的镜子最重要

有这么一个故事，一个双目失明的街头艺人，二胡拉得很好，他的怪异之处表现在每次卖艺的时候，他的胸前都挂着一面镜子，有观众曾问那盲人，你看不见，挂着镜子有何用，那盲人回答说："我一生有两件宝贝，一件是二胡，一件便是我的这面镜子，我虽然看不见，但我每天洗脸的时候都会照镜子，看看我的脸干净了没有，头发梳好了没有，要不然，我怎么能上街卖艺呢。怎能对得起我的观众呢？"听了这个故事，我对那位盲人肃然起敬，是的，人的一生中，最为重要的是心中要有一面明镜。这就如战争中的防线，防线一失，全军溃败，为人也好，做官也罢，都该在心中有一面镜子，有一道防线，以便"知得失，正衣冠"。

柳下惠的故事，大家想必然知道，我不再啰唆，在《明史》中，也有出如柳下惠一辙的故事，这里不妨一说，万历年间有个叫曹鼎的人，年轻时任山东泰和典史，负责维持社会稳定和地方治安。一次他赴外地押一名绝色女贼回城。夜宿破庙，那女贼便使出浑身解数相诱，曹鼎几乎防线溃败。万般无奈之下，他便写下了"曹鼎不可"，贴在墙上，过了一会儿，揭下用火烧掉，然后再写再贴再烧，如此反复，直至天亮和女贼上路。告子说："食色性也。"作为生活在真实社会生活中的人，都有这样那样的欲望，在各种诱惑面前，没有"私字一闪念"的人，恐怕是没有的或并不多见的。金钱也好，女色也好，权力也好，这些都是令人羡慕和渴望拥有的，但对此我们应该有清醒的认识和正确的态度，那曹鼎也可以与那绝色女贼一夜风流，然后各奔东西，回去交差了事。但他心中却有一面"法纪"的"镜子"，只好用那种办法去抵御诱惑。人生在世，有时候对我们自己的考验，往往都是在考验"一念之间"。一念之间可以成就一个人，使人升入天堂，也可以毁掉一个人，叫人坠入地狱。这样的事例比比皆是，教训不可谓不深刻。毛主席说一个人做一件好事并不难，难的是一辈子做好事。这段话也完全可以适用于个人的道德修养方面。不积跬步，无以成千里，不积细流，无以成江河，在生活的细节方面从来没有小事可言。因此，守住小节，心中有一面镜子便是个人慎独的最好自处方式。

在当前的经济环境和社会潮流之中，物欲横流，金钱至上，美色诱惑，追权逐利，等等等等，都在不断地向人生的心灵防线发起一个又一个的冲击，作为一名共产党员，人民的公仆，就要在内心始终遵守人生的两道防线，时时刻刻，用道德和法治这两面镜子观照自我，如果守不好道德的防线，便一失足就会成千古恨，就会如断线的风筝，终究被吞没得无声无影。如果守不好法治的防线，就会前功尽弃，不论你曾为人民立下了多大的功劳，你的下场都是会成为人民的敌人。佛有言说：信佛不如信人，信人不如信己，此言应该成为我们每个人"吾日三省吾身"的座右铭。因此，我们应该强调以德治己，也应该强调以法治己，只有将二者结合起来，才能使自己成为一个纯粹的人，一个高尚的人，一个有益于人民的人。

小学生的计谋

关于在校生活，上小学四年级的女儿告诉了我两件有趣的事儿。

常言说，分，分，学生的命根，考，考，老师的法宝。分数对于学生和老师来说，都是很重要的指标，学生要靠它来争三好，老师要靠它来夺先进。为了达到名师出高徒的目的，调动学生学习的积极性，女儿的老师想了一个很富于创意的点子，采取了目前被广泛应用的激励机制。具体方法是：谁的作业完成得好，谁的考试分数高，就可以得到不同数量的奖励，奖励的是对于孩子来说很有吸引力的糖果。而且当你的糖纸达到一定的数量后，还可以拿到老师跟前兑换糖果。贪吃好吃，是孩子的天性，老师抓住孩子的天性来"因材试教"，据女儿说，效果还是很不错的。女儿还说，别的班级也偷偷地学习我们老师的方法呢，说这话的时候，女儿为她的老师一脸的自豪。

对于一个小孩子来说，要想吃更多的由老师奖励的糖果，唯一的方法就是好好学习。可是女儿的几个男同学却想出了另一个既能多吃到糖还能得到老师表扬的"高明"的办法，那就是省下吃早点的钱，到处在小城找着买和老师用来作为奖品的一样的糖果。跑遍了所有的商店，就是买不到一样外包装的糖果，他们很是失望。之后，他们也便努力地学习了。爸爸，我们老师就是很"贼"，她可真是神了呀。我说，难道你也想用早点钱买吗？女儿说，我才不会呢。女儿告诉我说，当老师知道了这件事后，什么也没说，她那漂亮的脸上只是漾出了好看的酒窝。老师在课堂上还宣布了一个新决定，要提高奖励的数量，同学们高兴得大喊大叫。

严师出高徒，女儿的老师，在我看来，不仅仅是人长得漂亮，更是一个善解人意的良母啊！

城市建筑需要灵魂

近几年来，我们城市化的步伐加快了，高楼大厦拔地而起，马路宽了，路灯亮了，广场阔了，有的城市还建起了让人自豪的大剧院、体育馆，城市旧貌换新颜，行进其中让市民们心情舒畅。但这其中的一种现象却还没有引起权威人士的普遍关注，那就是你走在这个城市和走在那个城市除了区域地名的差别外，城市的模样几乎是翻版和克隆，真应了那句"暖风熏得游人醉，直把杭州作汴州"的话。这种现象说到底，是忽视了城市发展的品质、文化内涵和历史魅力，使得城市化建设的过程中往往是只见建筑不见城市。俗话说，建筑是凝固的音乐，立体的画，永恒的舞蹈。套用文学大师"风格即人"的话，"风格即城市"是城市建筑最好的阐释，城市如人一样，必须有自己的灵魂，只有这样，这个城市才是美的，才具有自己永恒的生命力。

本来，我们身处一个文明进步的时代，技术的日益提高，文化的不断发展，外国先进理念的引入，都为城市的健康发展提供了有力的智力支持，可为什么我们的城市建设中却会出现些不和谐的音符呢？

分析这其中的原因，其一主要是在于我们的父母官们对城市建设缺乏应有的审美情趣，对城市发展有着不恰当的规划设计。在他们看来，建筑物越高越大，才能越体现气派和宏伟，才能越显现执政者的魄力，也才能真正体现"政绩工程"吸引眼球的魅力。其二是攀比心理，认为别人能有的，自己的"一亩三分地"上也应该有，于是照猫画虎，结果却是重复建设，甚至邯郸学步。其三是一些开发商过分追求经济效益，有些地方本来就是绿地或湿地，对美化净化城市具有天然的保护作用，但我们的许多官员为了"拍脑袋"的形象工程却为开发商大开绿灯，于是大兴土木，就连有些属于国家级自然保护区内的绿地也不能幸免于难，这已是不争的事实了。

归根到底，城市的建设是为市民服务的，它应该最大限度地满足于休闲、娱乐，提高品位的要求。城市建设一定不能断了文脉，扭曲了灵魂。周庄古镇、苏州园林、雅典卫城、埃菲尔铁塔等等许多建筑之所以成为经典，就是它们在建筑中既体现了时代性，又融合了民族性，做到了实用和审美的高度统一。城市的快速发展，绝不能成为城市建筑不讲文化、不求个性、不突出特色的理由。在城市建设中，我们应该集中民智，发挥民力，从本地实际出发，找准本地历史文化的命脉，对城市的整体规划和建筑风格做出实事求是的定位，充分体现艺术性和审美观，只有这样，我们的建筑才不至于速生速朽，成为垃圾建筑、废品高楼和建筑的败笔，也只有这样，我们才能避免浪费，厉行节约，建设文明的、健康的、和谐的城市。

从郑板桥的糊涂说起

对于郑板桥来说,知道的人肯定不少,对于他的"难得糊涂",不但知道的不少,而且作为座右铭的人也不少,尤其是一些官员,在自己的办公室里赫然挂着。作为一名封建时代的官员,郑板桥清正廉洁,不阿权贵,心中有百姓,也算得上是一个好官了。人非圣贤,孰能无过,郑板桥也曾经"糊涂"过一次,而且其教训令人深思。

据清朝野史大观记载,扬州城内有一个富豪,十分喜爱郑板桥老先生的字画,他请人说话,送礼索字,都没有得到。后来,他探得郑板桥爱吃狗肉,特意在闹市区开了个酒店,专卖狗肉。一日,郑板桥从街上走过,闻到了狗肉的香味,便不顾一切地进去享用了一番,等到付钱的时候,一摸口袋,囊中羞涩,店主又极力推却坚决不收钱。郑板桥格先生觉得心上过意不去,于是作画赠之。当事后郑板桥知道了店主的本意后,很是后悔。

富豪为了得到自己喜欢的东西,可谓动了脑子,想了办法,其巧术在于投人所好,曲意得之,郑板桥吃了人家的狗肉,又没有银子付账,用画抵钱,对于富豪来说,受之无愧,是符合交易原则的。对于郑板桥来说,最大的失误在于经不起狗肉的诱惑,对自己的经济实力又没有充分的把握,从而得到了享受,失去了原则。

郑板桥虽已作古,但其吃狗肉的教训却是值得我们记取的。在现实生活之中，总有一些包括我们的领导在内的人，轻易上当受骗被拉下马，轻的被撤官除职，重的由人民的功臣成为人民的罪人，这固然与一些别有用心的人利用其弱点，投其所好所好有关，但重要的恐怕还是与自身在金钱美色面前失去了应有的原则和警惕有关。只要你扎紧了思想防线的篱笆，有多么香的狗也不可能钻进来，有多么高的招数也奈我不得。

应该说我们的绝大多数干部是好的，为政清廉，敬业奉献，对于那些拉拉扯扯的行为是深恶痛绝的，但还是有不少人中了人家的圈套，其症结在什么地方呢？大概最根本的一条，就是没有经受住"欲望"的诱惑。现实生活中有的人"曲术"实在是高得不得了，比起那位郑板桥遇到的富豪有过之而无不及，他们很有一套绕弯弯走曲线的路子，爱听好话的，他们三句好话当钱使，把你说得欲仙欲醉；爱品字品画的，从名家处高价购来相送；爱名花名草的，不时奉上国色天香；爱好集邮的，便送去"祖国山河一片红"；爱跳舞的，找来香草美人相伴。实在没有爱好的，不要紧，夫人总有爱好吧，走"枕头路线"，走公子路线，走公主路线，条条大路通罗马，总有成功的一条吧，直到攻破你的"城池"为止。

打铁先得自身硬，要识破并有效抵挡这些"曲术"，笔者以为最好的办法，就是做一个正派的"五种人"，即政治上的明白人，经济上的清廉人，作风上的正派人，遵纪守法的自觉人，敢于同不正之风斗争的铁面人。郑板桥的失误只是失去了自己的做人原则，如果我们的党员干部在"曲术"面前"难得糊涂"，无疑就会丧失党的原则和立场，丧失共产党人的价值观、人生观，做出违纪违法的事来。作为自然的人，人人都有爱好，有追求，那是你自己的事，但作为一个党员干部，作为一个国家公务员，你就应该时时刻刻保持高度的警惕，提高免疫力，保证郑板桥吃狗肉的失误不在自己身上发生。

当面批评应提倡

有一则史料说，上海刚解放的时候，在实行食油计划供应的前夕，陈毅市长须到市政府大礼堂开会布置实施，要求每个党员干部以身作则，起带头作用。讲话中忽然他猛地拍了一下讲台，指名道姓地点了市属机关某一名处长，当场指责这名处长听到消息后叫老婆孩子抢购食油的事实。陈毅市长说，一个共产党员连这点考验都经受不了，还配叫共产党员吗！现在，我以市委书记的名义开除你的党籍，我以市长的名义撤销你的处长职务，你给我滚出去！那位处长在众目睽睽之下灰溜溜地走了。

在这里，我们且不讨论陈毅同志有没有资格、能不能当场开除那位处长的党籍和职务，我们只说陈毅同志敢于当面批评不正之风的勇气，这种勇气实在是令人佩服，真正体现了一个共产党员襟怀坦白、敢于负责、勇于批评的浩然正气。批评与自我批评，是我们党的三大法宝之一，正是因了这个法宝，我们的党才修正了许许多多的错误，我们的同志才锤炼了党性，提高了觉悟，增强了为人民服务的自觉性和积极性，才带领群众取得了中国特色社会主义事业的伟大成就，创造了令世界瞩目的经济建设和社会进步的奇迹。

与此同时，我们也不能不承认，由于市场经济建设中的许多不完善和各种利益格局的不断变化，致使批评与自我批评这一法宝的作用越来越弱化。有的同志碍于情面，不愿当面批评，存在着好人主义的倾向，"多栽花少插刺"；有的同志缘于利益关系，不敢当面批评，你好我好大家好。至于自我批评，就更是少见了，即使有，也是皮皮毛毛，不愿触及灵魂。这些现象的存在，给不正之风和腐败提供了一定的生存空间。

好人主义盛行、批评与自我批评弱化，说到底也是一种腐败的表现。目前的改革开放和经济建设已经到了攻坚阶段，反腐败斗争的重要性和紧迫性也已为广大人民群众所认识，反腐败工作事关党的生死存亡。要取得这项工作的伟大成就，就要坚持党要管党，从严治党的方针，就要旗帜鲜明地同腐败行为做坚决的斗争，就要发扬批评与自我批评的优良传统，当面鼓对面锣，既勇于揭露别人的"伤疤"，也勇于露出自我的"小"来，像陈毅同志那样敢于批评、敢于碰硬，一身正气，两袖清风，只有这样，我们的事业才能兴旺发达，我们才能实现中华民族的伟大复兴和全面建设小康社会的目标。

反腐拒绝花架子

我们的国度,似乎有勇于花样翻新的传统。就说反腐败工作吧,新举措、新方法,就像时尚一样,三天一小样,十天半月一大样。有所谓的"慎独反腐",有所谓的"枕边反腐",有所谓的"责任状反腐",有所谓的"高薪反腐",有所谓的任前到监狱接受反面教材的反腐,更有甚者,有的好心人居然在扑克牌上做文章,印上一些犯罪的罪名与特征、处罚措施等等,试图让人们在娱乐中增强拒腐防变的能力。

近日,笔者又看到了一则报道,说在4月12日举行的纪念包公诞辰1008周年的座谈会上,有些专家及包公的后裔们提出:政府应组织新任职干部面对包公像缅怀先贤,并立下廉洁正直、勤政为民的誓言。这个举措,笔者不妨把这叫作"宣誓反腐"。

从表面上看来,上面的做法,无疑是有一定积极意义的,"人类一思考,上帝就发笑",但稍加分析,我们就不难得出这些只能是"有病乱投医,治标不治本"的结论来。发展要靠新思路,反腐也要有新举措。就如同治病要找到病因,才能对症下药一样,反腐败也必须找准产生腐败的症结所在,然后才能寻求破解这一难题的根本对策。腐败之所以产生,英国史学家说,"权力倾向于腐败,绝对的权力倾向于绝对的腐败",孟德斯鸠说,"一切有权力的人,都容易滥用权力,这是万古不变的经验",由此可见,产生腐败的根本原因和温床是权力。由是观之，那些极具花架子意味的举措，是绝对承担不了反腐败的重任的。

以笔者还能写几行字的智商认为，反腐败，首要的应该是建立一套对权力制约的有效制度。要将权力尽可能多地还于社会，还于公众，尽可能地减少权力的集中，增加执法的透明度，特别是在现代法治的时代，要靠法治来解决问题，而不是什么宣誓之类。美国人说，我们总是假设总统是不好的，所以就必须用制度来约束他、规范他。古人说：盂圆水圆，盂方水方。有什么样的制度，就会有什么样的官员，要用严格的制度和规范，使官员们不能腐败，不易腐败，其次还要建立一套严厉的处罚机制，让官员们不敢腐败。美国人之所以不敢造假，绝不是美国人傻，不愿赚那些来之容易的钱，而是美国对造假的处罚力度之大之重让人望而生畏，你造一次假，会让你一辈子再也翻不过身来，这样的"高压线"，谁愿意碰，谁又敢碰。再看我们对腐败官员的处理，那简直是隔靴搔痒，没有多少伤及灵魂的地方，别的不说，单是那一项"财产来源不明"的罪名，就挽救了多少贪官的生命。再次，才是在健全、完善制度的前提下，对官员们进行思想意识方面的教育。包括人生观、价值观、政绩观等等方方面面的教育。当然官员们的自我慎独，强化人格修养，也不失为保护自我的一种举措，但这样的效果，毕竟是有限的。

总之，反腐败的一切方法手段和措施，绝对不是"灵丹妙药"，更不会发挥"速效救心丸"的作用。要做好反腐败工作，还得多管齐下，综合整治，但其关键是以法治做坚强后盾，以德治做辅助手段，以群众的监督做有益的补充，只有这样，最终才能形成"不敢腐败"的社会机制。至于那些"猫猫狗狗"的花架子，实在只能算是博人一笑的小儿科罢了。

关 雎

宋人的儿子宋青由于吃多了"生命一号"、喝多了黄金搭档，成熟得特别早，才十多岁的孩子，胡须已经宛如初春的小草。这天，私塾的那位花白头发、摇头晃脑的老先生教授"关关雎鸠，在河之洲，窈窕淑女，君子好逑"时，宛如火柴头碰到了硫黄一样，唰地燃起了火花，宋青便一下子想起了邻人的女儿。邻人是个穷得只剩下穷的老汉，满脸的核桃皮。但他的女儿虽然缺少营养，却出落得"桃之夭夭，灼灼其华"，那宋青早就有所目睹，但从来没有像今天这样急切地想她。

再说那宋人，由于祖上的阴德，加上自己的勤奋，已成了村里的万元户，街上有铺面，有生意，虽说不识几个大字，但对儿子却寄予了很高的希望，他想让儿子成为未来的大学生。那宋青回到家里后，大声地诵读"关关雎鸠"，宋人看到儿子的学习态度发生了根本的转变，心里很是高兴。宋青读了一会儿后，啪地将书摔在了地上，把眼光投向了"茅檐低小"的邻家。宋青想，无论如何都要将家里的黑玫瑰给邻家的妹妹送 999 朵，并且还要写上一段情书，虽然他知道那女孩看不懂，最叫宋青遗憾的是邻家没有电脑，要不可以发个 E-mail。

那黑玫瑰，用什么方法得到，这是个大问题，那可是母亲的最爱呢，况且市场上的价格很牛，马上又到了七月初七情人节，母亲说什么也不会答应的。宋青把目光投向远方，远处的天边乌云密布，宋青多少懂一些天气常识，他断定今夜有雨，于是他有了主意。果然，夜里的雨还不小，雷鸣电闪的。第二天早上起来一看，自家多年未修的院墙被雨水冲开了几个口子，宋青对宋人说，爹，这口子要修理，不然贼人会从这里偷东西的。这时，邻人老汉正好也在自家的院子里，听到宋人和儿子的对话后也说，老爷，公子说的对，这活就交给我干吧，你付给我一些谷物就行了。宋人由于忙着去收租子，对谁的话也没有理睬。

这天夜里，又是大雨不停。天亮后，宋人后花园里的黑玫瑰少了整整999枝，而且还少了一袋谷子。宋人急忙报官，怀疑是邻人所为。那官吏一查，在邻人家里找到了丢失的玫瑰和那袋谷子，还有一封情书。无论官吏怎样拷打，邻人就是不承认是他偷的。宋人说不是你偷的是谁偷的，兔子还不吃窝边草呢，你个老东西，偷了谷子不说，还敢偷老爷的黑玫瑰送给你的女儿。那邻人瘦得皮包骨头，怎能经打，早就昏过去了，他的女儿也哭得死去活来。再说那宋青从学堂放学后，听说了这件事，吓了一跳，匆匆忙忙跑到官府说明了情况，法官大人和宋人听说后，全都张大了嘴巴，说不出话来。

这事过后没几天，邻人和他的女儿不知了去向，宋人送给邻人的谷子原封不动地放在还没有来得及修复的豁口上。宋青整天嘴里只知道"关关雎鸠"个不停。

关于增设课程的请示

尊敬的教育部领导：

　　读书的目的，全在于应用，在办学上，我们也要讲求与时俱进，开拓创新，现在是市场经济的天下，事事讲究的是资源的最优化配置，作为学生的家长，我以为课程的设置也应该要与市场接轨，这既是教育体制改革的需要，也是学校创收、改善办学条件的需要，更是增加教师收入提高教师福利待遇的必然选择，是保持社会稳定，避免毕业即失业现状的有效途径，因此，作为一儿一女都在上大学的家长，我强烈要求学校增设如下课程：

　　一是酒文化课。"李白斗酒诗百篇"，酒自古就是我泱泱大国的传统。想当初，在巴拿马的大赛上，若不是参赛者用一个小伎俩打碎了一瓶茅台的话，如何能捧回一个金奖呢，看如今，大学生们在跨出校门胸有成竹地去竞争各种岗位时，无一不需要加试酒量考核的"课程"，这门课不过关，想有一份工作，没门。至于酒的作用，不必多说了，"酒杯一端，政策放宽"，"感情浅，舔一舔，感情深，一口闷"，"一个人的酒瓶，代表一个人的水平"等等不一而足，看来，一年喝掉三个西湖的酒的说法是不假的。所以，必须增设酒文化课，让学生们挤出上图书馆的时间，要拳不离手，酒不离口，板凳要坐十年冷，酒杯尚需天天热，尤其要不定期地开展喝酒大赛等活动，以增加社会实践锻炼，在毕业之后的招聘会考核酒量的时候，不是"小荷才露尖尖角",而是"长江后浪推前浪",并且在今后的工作中逢酒必胜,所向披靡。

二是增设健美课。俗话说,爱美之心,人皆有之,尤其是那些年轻的企业老板,他们虽没有审美之知识,但他们却有拥美之心胸,使得女大学生们在递上自己简历的同时,不得不递上自己的写真集。作为一名女大学生,如果你在校期间不坚持健美,不把自己培养成一名名模般的美女的话,将来你的命运肯定是"养在深闺人不知"。作为家长,我对开设健美课的标准要求并不高,不期望把我的女儿培养成品德有多么高尚、心灵有多么美丽、人格有多么伟大的人,只要她能适应市场的需求走出校门能找到工作即可。

三是开设生理卫生课。现在的大学生,在高中阶段就没有很好地学习过生理卫生的知识,所以到大学后,对发给他们的避孕套也不会用,致使有的女大学生不小心怀了孕,而校方既不考虑学生的实际困难(不少学生是想以此方法来换取学费的,而不只是享受),又不顾及人性的关怀,只是用校规一开了之,这是不负责任的表现。古人都有梁山伯与祝英台的双双化蝶,为什么就不允许文明程度很高的现代校园的亲密接触呢?更何况有些学生的怀孕,并不是自己的过错造成的,而是使用了校方提供的吃了回扣的劣质避孕套的结果,再退一步说,女学生有错,她的孩子有什么过错,让她们生下来,总还是一个高智商的小公民吧,比那些近亲繁殖要强上百倍吧?

尊敬的教育部领导,以上意见,无须召开家长听证会,事先我已在网上进行了详细的调查,有99%的父母都同意。本着为国家和个人长远计,请尽快研究出台相关的政策为盼。

学生家长胡途敬呈

2003年8月28日

狐狸的教诲

森林里百花盛开，百鸟齐鸣。人到森林里游玩，偶然碰到一只狐狸，狐狸先生也兴趣盎然地在欣赏美妙的景色。狐狸看见了人，急忙就要躲开，人马上上前施了一个很欧式的绅士般的礼，说："狐狸先生，有一个问题，我想向您请教一下，可以吗？"狐狸先生一看人没有恶意，再说，人手里也没有拿枪，便说："请教谈不上，不过，我完全可以尽我所知回答您，但请您不要伤害我，我家里还有刚刚出生的宝宝呢！"人说："放心吧，狐狸先生，伤害您的祖先，那是我的祖先的所为，现在讲求人与自然的和谐相处，当然人也要与动物和谐相处，我怎么会伤害您呢？"

"那你问吧。"

"狐狸先生，您的祖先为什么要说葡萄是酸的呢？"

"您说呢？"狐狸反问道。

"正因为我不知道答案，我才向您请教的！"

"您可以试着猜一下嘛。"

"好吧，那我猜一猜吧。"人用手理理头上油光锃亮的几根疏发，得意地望着狐狸，有条不紊地摆开了龙门阵。

"我想，至少应该有以下几种原因，促使您的祖先说了葡萄是酸的这句名言。"

"愿洗耳恭听。"狐狸显出很惊奇的样子说。

"其一，葡萄园子有猎狗日夜看守，您的祖先因为无机可乘吃不到葡萄，为了表示不屑，说葡萄是酸的。这与阿Q先生说的我当年也曾阔过是一个道理。其二，您的祖先压根就没见过葡萄，也不知道葡萄是什么形状，什么滋味，当别人问起他葡萄是什么味道时，他便随机应变地说葡萄是酸的。其三，您的祖先说葡萄是酸的，纯粹只是黑色幽默了一下，只是一种应付的选择罢了。就好像现在的人，随便就可以用现代化的通信工具撒出连自己都很相信的谎来。"

人说到得意处又抚摸了一下他的头发，还发出了轻轻的笑声。

听完人的高论，狐狸先生哈哈大笑。笑过之后，狐狸先生很友善地对人说："其实，我的祖先吃过的是才只有黄豆粒般大小的葡萄，您说它不是酸的难道还会是甜的吗？"

人听了大吃一惊。

"说我的祖先吃不到葡萄就说葡萄是酸的。这句话并不表明葡萄就一定是甜的啊，况且，我可以明确地告诉您，在这个问题上，我的祖先绝没有撒谎，更没有自欺欺人。他只是说明了一个事实而已，我就想不通，你们人类为什么就那么会以君子之心度小人之腹，给我的祖先换位思考出那么多的假设呢。好了，再见，先生……"

说完，狐狸先生摇摇自己的尾巴，走向森林深处，找他的红颜知己去了。只晾下人在那里发呆，仿佛一座被岁月之河涤荡了许久的雕塑。

坚　果

坚果是一种什么玩意儿？

头脑里有这种想法时，张万里局长正坐在自家破旧的沙发上，那"地方支援中央"的稀疏的秃顶上，血管正突突地流淌着生命的乳汁。

张局长正看的是一本通俗的下里巴人的《新编厚黑学》，书里有这样一则故事：

这是古印度一处茂密的森林，一只饿了好几天饥肠辘辘的猴子，像一个失恋的男子，盲无目的地四处乱撞乱跑，试图抓住一点什么，找到一点什么，然后狠狠地咬它几口，一来解恨，二来解馋。突然，猴子的眼前一亮，精神头一下子来了，就在前面不远的树上，挂着一个很艺术的笼子，小巧而结实，最吸引猴子的不是笼子本身，而是很艺术的笼子里那枚很艺术的据说叫坚果的食物，那坚果，金灿灿、黄澄澄的，散发出一种迷人而诱惑的香味。猴子明白，那是猎人的陷阱，他的爸爸、妈妈曾告诉他，绝对不能拿笼子里的食物，他的兄弟姐妹们也"以手试笼"地用自己贪图坚果而"献身"的血淋淋的事实教育震撼过他。

可现在，肚子实在是饿得不得了……

猴子看看四周，静悄悄的，只有树上的蝉在暴躁地狂叫，哪有什么猎人的影子。

说不定，猎人已经喝醉，或者已经因喝醉而命归西天了呢。

猴子此时的脑子以每秒亿万次的高速运转着。

拿，还是不拿，吃，还是不吃？

我死后，哪怕它洪水滔天。此时猴子的脑子里突然之间冒出了那句流传千古的丑恶名言。

猴子已经举起了手……

正在此时，当当当——

敲门声戛然而止。

张万里局长侧起身架听了又听，对，是敲自家的门。确定之后，张局长急忙放下手中的书，抄起身边的报纸，装模作样地学习起来，上面全是"三讲"方面的材料。

"张局长，我来看看你！"

是一声清脆的娇滴滴的声音。

原来是张局长手下的一名女兵。

张局长只打过一次照面，但留下的印象却是极其深刻的，尤其是那双能勾走一切男人灵魂的狐狸般的眼睛，令张局长终生难忘。

"坐，坐——"

那个迷人的兵便坐在了张局长的旁边。

那个兵在单位是以生活作风极前卫出了名的。

张局长便用集束眼光射向那个兵的山峰顶端，那个兵像一枚诱人的坚果，此时张局长的感觉同那只猴子的感觉一模一样。

谈了一会儿，那个兵便风情万种、脉脉含情地离去。

咣当，在门被关上的瞬间，张局长有一种失落感，但令他欣慰的是，在自己领导的三五个人七八条枪的单位，居然也有独特的风景线。

回坐在沙发上，张局长便继续心不在焉地看那本书。

故事的情节是，猴子下定决心不怕牺牲，排除万难去取坚果之时，咔嚓，他的手被夹了个正着……

愚蠢，为什么不用头脑而要用手去取那很艺术的坚果呢？

哈，哈，哈——

张局长在大笑的同时，脑子里坚果的香味越来越浓烈，越来越芬芳……

困 惑

在家里,我被妻子称为饭来张口、衣来伸手的掌柜,我自己呢,也懒得说什么,很潇洒地翻出户口簿,指指上面户主一栏的名字,便自由自在地继续躺在沙发上,同余秋雨先生一同"苦旅"不已。那一次,家里"弹尽粮绝",要米没米,要面没面,又恰逢妻子感冒卧床,我只好很英雄地自觉了一回,到市场上买米。

如今的市场真叫繁荣,经常不入市场的我觉得眼花缭乱,目不暇接,大有刘姥姥进大观园的感觉。经打听才找到米市所在。米市上的米袋子一字排开,卖米者们仿佛守株待兔般地守着自家的摊子,米市的生意清淡寂冷,虽然是集日,但也同如今的市场一样疲软,看见来了买主,闲扯乱谝的都暂停了信息交流,一个劲地向我介绍米的品质、品牌。我俨然是大款派头般地一一走过,看着雪白的米而脸上无动于衷。突地,我发现在一字阵的末尾,有一位如我的慈父般的老者,目光呆滞,穿着如黄土一般朴素,不知在想些什么,他的面前,放着一蛇皮袋米。我踱过去一看,这米晶莹剔透,粒粒显得精神十足,好像正如神女般地等待着我的到来。老者抬抬皱巴巴的眼皮,伸出皱裂的手,轻轻抚摸着如他儿女一般的米说:"是好米,买上吧。"

还有什么话可说,面对这位饱经生活风霜满脸真诚的老者,还用得着妻子教给我的买米要看中间,一般袋子两头的米好,中间的米差的招数吗?

过秤、付钱后，老者看我那辆瘦小的 26 型自行车恐难以承受 100 斤米的重负，问我住哪儿，当得知我们将往同一方向走时，便说："我给你送去吧。"我又顺便捎了些菜。

于是，我便同老者边闲谝边走路，那毛驴像孝顺的儿子很听老者的话。

老者帮我将米抬到了三楼的家门口，说不用往你的蛇皮袋子里倒了，我连口袋送给你，我不依，将我的蛇皮袋及一元钱同时塞到他的手上，并请他到屋里坐一坐，他说什么也不干，转身走了，看着老者离去的背影，我心里有一种复杂的说不出的感觉。

回到家里，我用新买的米做出了一锅糊饭，妻子说吃着十分香甜，我也借此机会足足捞了一次表现。

当我已经快要忘记买米的经历时，妻子用一碗有糠有石子的碎米教训了我一顿，我莫名其妙目瞪口呆，妻子说这是你买回来的米吗？看着早已吃了几十天下去了半袋子的判若两"人"的米，我心中明白了些什么。就在妻子将要开始数落我时，我便说明了原委。

"我说孩子他爹，现在是市场经济了，除了你自己，什么人都不能叫你相信，你要记住。"说完一脸的不高兴。

"我以为什么大不了的事情，喂鸡不就得了，权当是买了一次教训吧！"我依旧大大咧咧，但心里却堵得慌。

这是一次十分真实的经历，人们常说，上当是人生不可或缺的必修课，上过一次当，便成熟一次，所谓吃一堑长一智。可是，面对那张慈祥的脸，面对那顶雪白的帽子，我能相信这是真的吗，我能相信这是我自己亲身经历的事情吗？想起父亲曾经一再说过的"做人一定要诚实"的话，我宁可相信，这是那位长者的儿女们做的手脚，而他，却什么也不知道，也是一位同我一样困惑的人。

坚硬的核桃

在家里，我从来都是饭来张口，衣来伸手，什么买米买面打酱油的事儿，从不沾手，所以那天我提回来一包核桃后，全家人都大吃一惊。

那是春节前几天，我收到四十元的稿费。回家的路上，到处充满了年味。人人脸上乐滋滋的，个个手里沉甸甸的，大包小包的东西丰收了一样往家里拎。平时我口袋里不装钱，一是我不抽烟不喝酒，用不着花钱，我喜欢的书报早就一订一年，二是我吃过装钱的亏，我认为对付小偷最有效的方法便是身上没有钱。走到市场门口的时候，那个卖核桃的小伙子肯定是先看到了我已经沙化得很严重的只剩下地方支援中央的有限的头发，便给了我一个笑脸，大哥，买点核桃吧，核桃补脑补发，你们用脑子的人最需要补脑了。人家主动地关心咱的健康，体现的是一种人文精神，我没有不买的理由，况且还可以给家里人一个惊喜，何乐而不为。大哥，要不先尝尝吧。不用，你给来五斤吧。于是我一路哼着小曲回家。

快看，我给你们买什么回来了。妻子先是看看我，又看看我手里的袋子，像不认识我似的，儿子对我扮个鬼脸，说爸爸，不是太阳从西边出来了吧。女儿不知从哪儿一下子蹿到我身边，抓住袋子，爸爸给我买好吃的东西了，不要哥哥吃。女儿是个急性子，要马上吃，我打开袋子，用擀面杖敲。敲了又敲，再敲再打，就是敲不开，怎么回事？妻子放下手中的活计走过来拿起一个核桃看了看说，你呀，什么事也干不成，你上当了。我说上什么当了，这不就是核桃嘛，又不是什么毒大米地沟油，看不出来。妻子说是核桃不假，但这是山核桃，而且是没有熟透的山核桃，是没办法吃的。好的核桃很饱满，皮很薄，也很脆，轻轻一敲就开了，哪像你的"姐姐"，个个是瓷头，敲也敲不开。我好心没办成好事，只好不再言语。妻子执意要去换，女儿不让，于是我只好拿出几个来，等妻子走后让儿子去邻居家借来锤子，继续在楼道里敲敲打打。好不容易打开了一个，只打成了两半，再怎么也打不开了，女儿只好用牙签挑着吃。不一会儿，妻子回来了，手里还是那袋核桃，进门后哗地扔在地上，我看你怎么吃。我和儿子、女儿大眼瞪小眼，默默无语。那天的午饭吃得很没有滋味。

这核桃怎么吃？到了晚上，我终于想了一个办法，炒它。根据经验，什么东西一炒，它就会变脆的。这想法一说出来，儿子立刻表示赞成。打仗亲兄弟，上阵父子兵，于是我便和儿子炒将了起来，女儿也不甘寂寞地参与了进来，只有妻子在一边冷眼冷笑地看热闹。出锅后，我迫不及待地用锤子敲，想证明我的想法的正确性，但那些经过了火的考验后依旧共产党员一般不屈服的坚硬的核桃，让我在妻子孩子面前脸面丢尽，我想也没想，抄起袋子就走到了垃圾道跟前。进得门来，妻子说可惜了二十多块钱，我说没有什么可惜的，这是好素材，我加个班，再写一篇，还可以赚回几十元呢。

美国人的洗脚与中国领导的送温暖

这是则旧闻,之所以对它感兴趣,是因为它让我有了一些思考的意思。说的是在去年的复活节前夕,美国洛杉矶的不少官员和社会名流来到流浪者经常逗留的地区,不仅给他们送去了食品和饮料(当然,他们送的饮料和食品是不会过期的,否则,有他们的"官司"果子好吃),还为他们清洗了双脚。据统计,在3小时的活动中,共有2000多名流浪者享受了洗脚和检查足部疾病等服务(《新民晚报》2007年4月18日)。

读了这则消息,让人会产生许多的联想和思考。

一是在美国这样发达的资本主义国家,仍然存在着弱势群体,仍然有"两极分化","外国的月亮"并不比中国的圆多少。他们也定时地组织送温暖活动,让弱势群众享受人间的温暖,享受"党和政府"的关心和爱护。当然,美国的流浪汉在享受完温暖后会不会动情地握着他们的手说谢谢,这个报道没说,小的也没出过国,不知道,但中国的弱势群体都是会说的,而且记者们还要给特写镜头,这是绝对少不了的。

二是在对待流浪汉的态度上,存在着天壤之别。美国的管理者和社会名流到的是流浪汉经常"逗留"的"地区",而不是租住的狭小阴暗的小屋,由此可见流浪汉在那些地区是自由自在的,是"风能进,雨能进,就是国王不能进"的地方,对流浪汉是宽容的、和蔼的、很人情化的,而不像我们的国土上，大讲特讲文明卫生，大说特说宜居和谐，总是要把流浪汉们从这个城市赶到那个城市，从这个地方赶到那个地方，总是怕影响本地区的"投资软环境"，怕玷污本城市的"精神文明"形象，有时候由于执法和人员的"不小心"或"心情不好"，会弄出个"孙志刚""王志刚"什么的，退一步讲，别说是流浪汉了，就连给城里人们提供"绿色维生素"的菜农、果农们，不也在执法人员那里是"劣等国民"待遇吗？

三是对美国名流们的真诚爱心，你不能不有所感动。作为流浪者，百分百是邋遢鬼，那是主观主义的认识，但说其中没有肮脏者，那也是自欺欺人（不知道"有关部门"会不会在事先对流浪者进行"挑选"，以便让流浪者中那些相对干净的留下来接受服务和作秀，小的知道，这只是小人之心，但这也是没办法的事情，谁让小的就生在这片长满小人之心的土地上呢），而美国名流不仅送饮料送食物，还能亲人一样亲自为他们洗脚，检查脚部疾病，这些在国人眼中连一般亲人都做不到的事情，却在人家那些权重位高、高贵清雅的双手中自然而然地做出，你就不能不有一种"天何言哉"的敬畏和佩服了。这是一种什么精神，这又是何种人格魅力啊！

四是美国名流们送的食物饮料，经费来源出自自己的腰包和公司，绝不是国库中的纳税人的血汗钱，而反观我们送节日里的温暖，钱不但是国家的，就连那些被"温暖"的弱势群体，也事先被一户一户地筛选确定，还要有基层的干部"亲自导演"一番，唯恐给领导的慰问制造不必要的麻烦，唯恐破坏安定团结的政治局面，更不要指望什么的让领导去"捶捶后背""洗洗碗"，也更别奢望领导们伸出高贵的手去"洗洗脚"之类近似神话的举动了。

在"最后的晚餐"之前几个小时，耶稣知道自己在人间的时间不多了，便要亲自给门徒们洗脚，门徒们说"你不可洗我的脚"，耶稣说"我若不洗你，你就与我无分了"。洗完以后，耶稣便告诫门徒们今后要"彼此洗脚"。给门徒们洗脚，耶稣献出的是一份赤诚之爱和博大的胸怀。在背十字架之前，耶稣通过"洗脚礼"，把自己的门徒凝聚成了一个爱的团体。

这不知道美国的那些名流们是不是耶稣的信徒，我只知道他们用实际行动，结束了自己的爱心，尽了自己作为公民的一份责任。

我们的圣人曾说"仁者爱人，仁者不忧"，可我就不明白，为什么我们的富人们就偏偏要"忧"于受助者们的不"感恩"呢。孔子又说"智者不惑"，用现代标准看，我有本科学历，略知一点"国学"，大概勉强可以算作"智"了吧，可我为什么总有那么多的"惑"呢？

培根说，"夫妻之爱，使人类繁衍，朋友之爱使人类完美"，柏拉图说，"人之于人，不是上帝，便是豺狼"。爱的最高境界是默默地奉献，不索取任何的回报，让我们每个人都成为"爱人"的天使吧！

人也是需要伤害的

前几年，有一次去南方出差学习的机会，终于走到了"彩云之南"的故乡，我被那里的青山绿水红花感动得了不得，整天看得我心满意足。但是有一种菠萝树，却让我有些不解，那就是每棵菠萝树的树干上，全都满是伤痕，那伤痕一个个睁大了鼓圆的眼睛，仿佛一个个历经情感伤痛的青年。很想问问别人，这究竟是怎么一回事，但好几次话到嘴边又咽了下去，怕别人说我无知。一天，我突然想起了孔子的一句话："知之为知之，不知为不知，是知也"，便再也不管不顾地询问正卖菠萝蜜的果农，老农说，这是他们特意用刀砍出来的"作品"。菠萝树有一个特点，你不用刀砍出伤口，它的树干是长不大的，更主要的是你不用刀砍出伤口，它们是结不出好果子来的。在云南的橡胶园里，我还看到，胶农们在树的身上割出口子，那乳白的汁液便缓缓地流进胶碗里。

近日偶尔翻看《本草纲目》，其中说到有一种桃树，也同菠萝树一样，是需要人们用刀在它的身上砍出伤口的，以便于它成长与结果。看来，自然界还有许多树，都有这样的特点，只是还不为我知所罢了，这让我想到了人，人不也同这些树木一样吗？俗话说，"自古雄才多磨难，从来纨绔少伟男"，贫困磨难是人生的一种宝贵的财富。"天将降大任于斯人也，必先苦其心志，饿其体肤"，说的都是人受到的挫折对人生成长的重要性。正是那些我们意想不到的挫折和打击，使我们得以清醒，得以反思，得以智慧，得以成熟，让我们懂得了什么是我们应该追求的，锲而不舍；什么是我们应该放弃的，弃之脑后。

"海到尽头天作岸，山登绝顶人为峰"，其实人生目标的实现，自我价值的追求，没有一个人是一帆风顺的，大都是在不断的"伤害"之中，一点一点地走过来的，一步一步地成熟、完善起来的。

人的一生，不过是生命长河中的一滴水，岁月流淌，光阴荏苒，当我们被领导误解，被亲人埋怨，被朋友疏远，被小人伤害时，我们不应该怨天尤人，我们应该多想想那些树干上的伤痕累累，多想想它们枝头上的累累硕果，这样我们就会心平气和，心静如水，我们就会沿着既定的目标坚定不移地走下去………

温水煮蛙与温和腐败

美国康奈尔大学的科学家做过一个实验，把一只青蛙投进盛满沸水的铁锅里，结果那只青蛙就像被电击似的跳了出来，接着科学家又把它放进常温的水里，慢慢地加热，当水温升至 70℃~80℃时，青蛙虽然约略感觉到外界温度在慢慢变化，却没有往外跳，看上去仍显得若无其事，随着水温的上升，那只青蛙变得愈来愈虚弱，竟然在不知不觉中被煮熟了。放在常温水中的青蛙之所以被煮熟，是因为青蛙内部感应生存威胁的器官，只能感应到外部激烈的环境变化，而对于缓慢而渐进的变化却习而不察。

用辩证法的观点来看，青蛙被温水煮死，是质量互变的结果，青蛙不懂这个道理，只有一死，也就在情理之中了。可是有的人也不懂这个道理，而且是学习过辩证法的高官，这就有些让人看不明白了。云南省麻栗坡县委原书记赵仕永，因受贿索贿 400 多万元、贪污 50 多万元，被法院一审以受贿罪、贪污罪判处有期徒刑 18 年，并处没收个人财产 650 万元。赵仕永自我总结："那些不给钱就不办事的人是'暴力腐败'，像我这样，在为人办好事的情况下收点钱，是温和的，所以我说自己是一个温和腐败的县委书记。"直到被检察机关立案侦查，我们的县委书记居然才认识到自己的行为是犯罪，这是多么富于讽刺意味的事啊。无独有偶，新乡县人民政府副县长郑秀博因涉嫌受贿被查处后，在接受记者的采访时说："如果将一只青蛙抛到沸腾的水里，它就会立刻悚然惊惧地从沸水里跳出来。但是如果你将它放入温水里，并将水慢慢加热，青蛙在开始时会很惬意地在温水里游泳玩耍。随着水温的升高，它游得越来越慢了，到了水沸腾时，青蛙已经没有力气了。即使当它感觉到死亡的危险来临时，想跳出已经沸腾的水已是不可能的了，死亡成了必然。这就是'温水煮青蛙'的故事。"总结得是多么深刻、多么富于教育性啊，可惜的是认识得太晚。悔悟得太迟，没有算好自己的政治账、经济账和家庭账。

　　表面上看，温水煮蛙与温和腐败是风马牛不相及的事，但正如事物都是相互联系的，细究起来，它们之间，相似的地方太多了。"温和腐败"也罢，"温水煮青蛙"也罢，这些贪官们表面上文质彬彬，口头上严格要求自己，说什么"决不辜负党和人民对自己的培养与信任"，说什么"绝不让腐败在高速公路上延伸"，说什么"请党和人民监督我"，做出一副党的好干部的嘴脸，在背地里却干着损害党的形象，贪污国家和人民的血汗钱的事情。他们深谙贪污之道，有的吃穿俭朴，有的乐善好施，有的对群众嘘寒问暖，有的对下属关怀有加，但骨子里头，却是充满了对金钱和美色的占有欲望，他们随着权力的增大，一步一步走向贪污腐化，根本没有将党纪国法放在眼中。他们把贪污受贿来的钱，放在床头底下，放在卫生间里，放在情人那里，就连自己的亲生母亲，都舍不得给。真的不知道，他们的人性哪里去了，更不要奢谈什么党性了。制度在他们的面前，连一纸空文都不是，他们根本就不知道什么叫监督，更别说什么这个监督那个监督的了，就连记者的监督，他们都会说"你是替党说话还是替人民说话"，"你管得也太宽了"，还能轮到所谓的人民来监督吗？在他们的眼中，监督就像人民一样，是个"屁"，谁要是胆敢监督，就会"你等着，看我怎么收拾你"。

　　近年来我们所抓的贪官越来越趋向于年轻化、高学历化。他们不但贪污有道，而且才华横溢。有的只收物不收钱，有的让夫人做财政主管，自己装作什么也不知道，有的收了钱，立即"洗"得干干净净，换成很"美"的元，汇到他们认为很安全的国家，有的在外国置业，等等，手段花样多多，效果好好啊。这些年来，我们在对温和腐败的处理上，实行的是"坦白从宽"的"温和"原则，名为保护干部，从而使温和腐败的干部有了喘息的机会，有了异地为官重新腐败的土壤，实质上放纵甚至间接鼓励了温和腐败这一作为，要不然，怎么会使腐败分子边腐边升呢，难道腐败分子会入地遁墙吗，怎么会一个电视塔倒下砸倒仨局长，难道电视塔长了眼睛不成，要不然，怎么会让同一岗位上的三任厅长同样栽倒在高速公路上，难道那高速公路有魔力不成？温和腐败也好，暴力腐败也好，说到底，实质都是一样的，都是腐败，只不过表现形式不同罢了。如果把温和腐败比喻成糖衣炮弹的话，那么暴力腐败就是真枪实弹了，温和腐败还有一层人情的面纱罩着，而暴力腐败就是赤裸裸的"八国联军"式的抢劫了。糖衣炮弹也好，真枪实弹也罢，都已经是病入膏肓了，不治，将会危及我们的生命了。

治理温和腐败与暴力腐败的药方早已有之，那就是建立让执政者、掌权者们不敢腐败、不敢专权、不敢失责的"三不"机制，现在的重要的问题是，我们怎样选择"好药材"，选择"好配伍"，选择"好引子"，制出"好药"与"猛药"，以便"以毒攻毒"，当然，"中药"与"西药"要互相配合，才能更加有效，使我们的躯体早日康复，从而使党放心，使人民满意。

也来说说上帝

　　春暖花开的日子，本应有个好心情。有朋友推荐罗马皇帝马可·奥勒留的《沉思录》，说是对修身养性、生存处世都有很好的启发意义，便搭顺车到了首府的书店，因为才是早上九点多，书店的人并不多。书是琳琅满目的，我便有一搭没一搭的翻看。忽然听到了吵吵声，我以为发生了什么了呢，原来是一个五十岁左右的购书者嫌小姑娘收款慢，又嫌小姑娘业务不熟，正在对小姑娘发威呢，正好此时老板娘回来了，急忙赔着笑脸说小姑娘才来两天，业务不熟请原谅。可那购书者依旧不依不饶地说，顾客是上帝你们知不知道，业务不熟就不要上岗，耽误上帝的时间怎么能行呢？旁边看样子是他爱人，一个劲儿地劝说也无济于事。看样子，老板娘是个经过历练的人，还是小心地赔着笑脸，直到把那火气依旧不小的"上帝"目送出书店。当时我的嘴很痒痒，真的想说点什么，但最终还是忍住了，倒不是我怕那汉子，而是我怕吵着了正看书挑书的读者，更怕惊扰到沉睡在书中、酣梦正香的大师们。

　　能走进书店，说明至少是爱书的，能爱书能看书，至少说明是识字的，能识不少字至少说明是懂些礼仪的啊。可那汉子的表现实在是不敢让人恭维。培根说："历史使人明智，数学使人缜密，哲学使人深刻，伦理学使人高尚，逻辑修辞学使人善辩。"看那汉子的表现，无疑能得出他绝对读的不是伦理学的书，反而是逻辑修辞学方面的书。古人说："书犹药也"，那是说读书可以医治许多的疾病，当然包括可以修补人格修养、道德品质方面的缺陷。在我看来，至少是在老板娘看来，再退一步，在那个可以做他女儿的姑娘看来，他至少是缺少素养的。

人们把消费者看成"上帝"，说的是他们通过自己的消费，给为他们服务的众人提供了一个就业的岗位和机会，绝不只把他们当作了可以主宰自己命运的真正的"上帝"。话说回来，就是真正的上帝，在本性之中，应该是仁慈、宽厚、善良的，具有"严父慈母般"情怀的，否则，上帝怎么能教人"爱你们的仇敌"呢，我们的圣人怎么能教导我们"以德报怨"呢。所以说，摆正自己的位置，认清做人的准则才是第一位的，至于"上帝"说，那只是蹩脚的比喻罢了，作为凡人是绝不能拉上帝的大旗做自己的虎皮的。再说了，任何人也不是生而知之的，那姑娘刚上岗，用老板娘的原话说："我都能容忍她的失误，你为什么不能呢，何况业务熟练也有个过程呀。"换位思考，假如那姑娘是你闺女，别人对她那样的态度，做父亲的你又是什么感想呢？现时的社会不少的东西都在下跌，似乎要探到那深渊的底部，股市可以下跌，爱情可以下跌，体质也可以下跌，唯独那道德是绝对不能够下跌的，要是那样的话，社会这部不断向前行进的列车就会陷入沼泽地。

出得门来，想象着那姑娘红红的眼睛和流出来的咸咸的晶莹的眼泪，想象着那客人走后老板娘用手抚摸那个姑娘秀发的温馨的细节，手里拿着杨绛先生的《走到人生边上》和马可·奥勒留的《沉思录》，享受着如母亲样明媚的阳光对我的抚爱，我在心里说，爱自己的最高境界就是去爱别人，让爱成为生活中不可缺少的阳光，我们才能有五彩缤纷的生活，才能让生命绽放出更加绚烂的辉煌……

致联合国难民署的一封信

尊敬的联合国难民署的官员们:

首先,请你们接受来自遥远的中国大山里树的家族们的歉意,今天致信你们,给你们工作中造成的麻烦,我们表示深深的遗憾。

昨天,我们在美国的一位朋友,用伊妹儿发信给我们,讲述了它曾经遇到的真实故事。我们的这位朋友生长在美丽的美利坚合众国。它说,有一个叫丹尼尔的小店主,把自己的自行车锁在它幼小的身体上,弄伤了它的皮肤,它疼得大喊大叫,被一位好心人看见,便将此事投诉到了执法部门。其实,疼是有点疼的,但能有多疼呢,那只是小孩子撒娇的喊叫罢了,况且那丹尼尔也经常给它浇水施肥,对它也挺好的挺哥们的,但接下来的事情让我的那朋友大跌眼镜,执法部门毫不留情地依据美国的《森林保护法》,要求丹尼尔给我的朋友赔情道歉不说,还要处罚十美元的罚款。那叫丹尼尔的年轻人二话没说,立即交了罚款,然后便回到我那朋友的身边,抱着我朋友就像抱着他的兄弟一样痛哭流涕地说,我的好兄弟呀,我对不起你,是你,在夏天给了我阴凉,是你,在春天给了我绿色的希望,是你,在冬天陪我度过漫漫长夜,是你,处理了我呼出的二氧化碳,给我制造了纯洁新鲜的氧气,而我却做出了错误的举动,伤害了你的身体,更伤害了你的心灵,兄弟啊,请你接受我真诚的道歉,并原谅我的过错,我保证今后不会再发生这样的错误。我的朋友说，那丹尼尔的道歉，没有人来监督，更没有丝毫的虚伪成分，令它很感动。它来信询问我们的生活状况，尊敬的联合国官员，我们是什么生存环境想必你们是不知道的，我现在代表我的家族向你们说道说道吧。实话说，我们生存的自然环境还是不错的，有青山，有绿水，有鸟声，有云雾，比起勉强地在不适宜人类居住的我们所在国西海固的弟兄们来说，不知道强过几百几千倍呢！那里连人吃的水都没有，更别说是让树们喝的水了，虽然我们也经历过雷电袭击，虽然我们也经历过洪水肆虐，但比起它们，我们还是知足的。我们能经常享受淅淅沥沥小雨的抚摸，也能经受暴风雨的洗礼，但是我们生存的人文环境实在是太差了，生活在这里的人们生活水平普遍很低，经济收入来源十分有限，他们除了拾取生长在地里的各种菌类和采伐中草药外，便是对我的兄弟姐妹们无情砍伐，《诗经》中的"砍砍伐檀兮，置之河之干兮"，便是人类对待我们的最好写照，且这一传统已经延续了几千年，至今也依然盛行，可以毫不夸张地说，这里的人类一生都离不开我们，他们住的房子是用木板搭成的，他们吃的果实是我们用鲜血凝成的，他们烧火做饭，用的是我们，就连他们赚钱也用的是我们兄弟姐妹们那壮硕或瘦小的身躯，特别是这几年来，他们砍伐的力度越来越大，胃口也越来越大，就连我们的许多老祖宗，那些曾经和他们的祖爷们生活在一起的树们，也不能幸免于难，真是让我们悲痛欲绝，叫天天不灵，叫地地不应呀！

尊敬的官员们，虽然现在我所在的国家，在大讲特讲和谐，说什么社会和谐，人的和谐，当然也讲人与自然的和谐，可那都是上面的政策，到了我们生长的这里，就雷声大雨点小，有的甚至雷声和雨声都没有。他们全然忘记了他们祖先倡导的天人合一的生态理念。那些土皇上们大斧一举，我们便成批地死去，他们手中的钞票却源源不断的到来……"哪里有压迫，哪里就有反抗"。我们实在是生活不下去了，有鉴于此，我代表我的家族特向贵署提出申请，请尽快给我们办理签证手续，我们要到那美丽的国家去，享受做树的权利和自由，享受作为自然界组成部分的尊严和体面。我们知道，签证是要有担保的，这个不用你们担心，我在美国的朋友和它的兄弟姐妹们已经商量好了，它们愿意提供一切担保。

当然了，俗话说，故土难离，毕竟这里是我们祖祖辈辈生活的地方，这里有我们祖祖辈辈的胞衣和尸骨，我们怎能舍得离开呢？可是又有什么办法呢，我们的生存环境越来越差，不仅要忍受那些工业污染的臭气，还要饮用那些不堪入口的臭水，更严重的是，我们的许多孩子们，在出世不久便因为臭气臭水，早早的夭折，失去了青春的年华，就是我们成年树，也人人自危，不知道哪天尖刃利斧就会落到自己的头上……

"为什么我的眼里常含泪水，因为我对这土地爱得深沉"。虽然心身俱焚，但移民申请我们还是要坚决提出的，毕竟保护我们的身心健康，保存我们的物种繁衍，与依恋故土，热爱生我养我的地方相比，毕竟我们不是不食周粟的古人，生存是第一位的。我想，我们做出这样的决定，远古的祖先和未来的子孙也一定能理解的。这里的人们说，不孝有三，无后为大。同样，这话也适合于我们树类。因此，我们决然希望，贵署能本着博爱和人道的精神，尽快帮助我们办理签证，使我们早日脱离苦海，也让我在美国的朋友们尽早享受到"有朋自远方来，不亦乐乎？"的人生美妙的时刻，让我们共同交流对生活和爱情的理解，也让我们的后代接收良好的人文环境的熏陶，使他们成为树中淑女和绅士，享受异国恋情的美好！

尊敬的贵署官员们，请再一次接受我们祈盼和平与美好生活的愿景请求，你们放心，所需路费不用你们费心，一部分已经由我们美国朋友交来，一部分将由我们自己解决，毕竟，为了种族，我们的兄弟姐妹们会顾全大局，讲求正义与奉献，会自觉地献出自己的生命和身躯。本来按照国情，我们还给你们准备点土特产和礼金，可我们的美国朋友们说那万万不可，那不但不会把事情办好，还会把事情办砸的，这就让我们很是想不通，不过请你们放心，你们的大恩大德我们和我们的子孙一定会牢记心间，并且在你们退休后一定报答。

"路漫漫其修远兮，吾将上下而求索"，过去，我们是经过了许许多多艰难的探索与向往，今天，我们终于有了明确的目标与方向，恳请贵署尽早办理手续，以便让我们尽早踏上那方"我不反对你的言论，但我尊重你的选择"的自由而美丽的土地，也以便让我们的子孙后代早日结束可怕的灾难般的生活处所……

最后，请允许我代表我的家人说，全体跪拜，以中国人的最高礼节，一群生活在龙的故乡深山中的树的家族成员，向你们和我的异国朋友们致以深深的谢意。

树的家族

2008 年 3 月 26 日

主人与狗

国家审计署审计长李金华于 2003 年发动了一场猛似一场的审计风暴，有人称他为"铁面审计长"，而他却戏称自己是国家财产的"看门狗"，甚至说自己"心比较'狠'，手段比较'铁'"，"死猪不怕开水烫"，虽然说任何比喻都是蹩脚的，但一位政府高级官员能说出这种话来，其勇气和胆识着实可嘉。

说到狗，人们往往会用"忠勇"来赞誉，这也是狗们常常被委以重任的原因。狗的职责是看家护院，为主人分担忧愁。从这个意义上来说，李金华把自己比作狗，还是很形象和贴切的。可是，最近却有许多的"狗"，大概是忘记了自己的身份，或者是得了什么狂犬病之类的，它们对自己的主人狮子大张口，狂吠不止。先是那个说什么"你们是个屁的"家伙，张牙舞爪自以为是地露出尾巴，后又是那个"你是准备替党说话还是替群众说话"的什么副局长锋芒毕露，竟然把党和人民置于针尖对麦芒的地步，最近又是被人们普遍认为一个很重要岗位的县委书记，居然脸不红心不跳地对记者说"你管得太宽了"，还有说什么百分之多少多少的上访群众都有精神病的家伙，还有把上访的群众送进精神病院，办什么法制培训班等等的做法，都像是认错了对象的狗，把主人当成了外来的贼。

其实，于狗而言，对陌生人狗吠，不让那些想用不法手段走进主人家，掠夺主人财物的异己分子，就是最好的尽职尽责，就是最好的监督。我们知道，只要是主人领进家的人，狗是不会再视这个人为敌人的，还会对他摇摇尾巴，表示友好。我的朋友曾经养过一条狗，也曾经很尽职尽责，可有一天却把主人咬了，虽然不重，但主人很生气，一顿乱棒之后，他要把狗送人，或是卖了，我说你还是为别人负责一点吧，你想啊，狗的本质变了，连你这个旧主人都敢咬，还能把个新主人放在眼里吗？最后，他一跺脚，杀了，请朋友们吃了狗宴。

俗话说，狗不嫌家穷，儿不嫌母丑。可是任何事情都不是绝对的，随着时间地点环境和条件的变化，一切皆有可能啊，对于那些已经学会咬主人，已经失去了"狗义"变成白眼狼的狗杂种，最好的办法，便是一杀了之，以绝后患。人有人道，狗有狗理，没有规矩，不成方圆。对那些已经丧失了良心的狗来说，你不要指望它们会放下屠刀，立地成佛，会恢复曾经的善良的狗心，应该像鲁迅先生那样，痛打落水狗，更应该像我的朋友那样，斩立决，杀狗给狗看，且让自己大快朵颐，只有这样，才能纯洁狗的队伍，使狗有畏惧之心。其实，更为重要的，是给狗们立下规矩，加大对狗的约束力，使它们不能也不敢丧失狗心。没有监督的权力必然导致腐败的铁律，同样适用于狗类。对待朋友，要像春天般的温暖，对待敌人，要像冬天一样无情的处世原则，也同样可以运用到狗类。至于主人要是违犯家规，把"家里"的财物往外偷运，作为狗来说，是不能睁一只眼闭一只眼的，应该给主人一个警告，如果主人不听劝阻，狗的动作过大，咬伤了主人的话，似乎也在情理之中，是完全可以原谅的。因为这样，才能是条好的尽职尽责的"看门狗"，才可以看好国和家的财产，不让败家子将"天下粮仓"蛀空。

作秀的批判

某市为了迎接创建绿化城市大检查，在尚未发芽的树上扎上假花，某乡为了养殖大乡的荣誉称号，竟然从邻县租来膘肥体壮的羊只，到了逢年过节，某些领导总是亲自面带微笑，亲自将一点钱或米面或衣物之类的日常用品送到下岗职工或贫困百姓的手中，毫不汗颜地接受他们的谢意乃至感恩，以上种种作为，如果用一个时髦的词来概括，我以为最准确的当数"作秀"了。

"作秀"是个什么词，该如何定义？作秀是个新鲜的、时尚的词，虽然不能准确定义，但那些属于作秀范畴的事情，眼睛最亮的老百姓当一眼即可识别出来。作秀是个动宾结构的词，它最明显的特征是一方面要去"作"，要有具体的行为，这种行为带有很功利的性质，而且必须是当事人"亲自"的行为。另一方面便是"秀"，用王朔先生的一部小说名可以概括，那就是"看上去很美"，就是要情真意切，就是要像那么一回事。作秀给人的感觉必须是赏心悦目，至于有没有实践意义和实际价值，那是另外一回事。

作秀，过去大多是舞台上的主流，是演戏的一部分，是活化和神化艺术生活的重要手段。也许是"艺术源于生活而又高于生活"的缘故，而今，"作秀"反而从舞台上走了下来，变成了世俗的小丑，无时不在，无处不有。

作秀的实质是重形式而轻内容，一说建工业园区，便到处圈地，到处重复建设，至于建好有几家入园，有几家投资，有几多效益，那是下一任或下下一任的事，本官概不负责，一说调整产业结构，便到处是所谓的订单农业，至于那订单最终能不能兑现，能兑现多少，那是秋后的事。不是"一年之计在于春"的主要议题。作秀的最主要的手段是作假，最终极的目的是通过形象工程、德政工程、样板工程、示范工程等名目繁多的形式主义，达到捞取政治资本，以求仕途通达的最高目标，至于身后事，拿破仑的"在我死后，谁管它洪水滔天"可以作为最好的注脚。

"作秀"无疑是一种新的严重的形式主义，是花架子的亲家，是哗众取宠的泰山，作秀之所以能像流感那样在工作中流行，主要是它不动真格，不来实的，不费工夫，能起到"四两拨千斤"的作用。只要你"作"了"秀"，上上下下都满意，就会出政绩，就会有前途。"作秀"这种活计，就像吃奶一样，不用谁去教，都会。有"作"给上面看的，也有"作"给下面看的，当然也就免不了给群众看。但作秀这玩意，好像是"阳春白雪"，"下里巴人"的老百姓大多根本看不懂，或者压根就是看不起，有时候被蒙蔽了，但它最终会露出"狐狸的尾巴"来，会受到人民群众的唾弃。

现实生活中的做事，要踏踏实实，舞台上的作秀要认认真真，但千万不可将做事与"作秀"混为一谈，而且用"作秀"去代替做事。

眼泪及其他

记得很清楚，不过这件小事说起来有些丢人，但为了写这篇小文，还得说那件小事。小时候的农村，家里普遍缺粮，吃不饱肚子是平常事，但对于家里的劳动主力来说，那还是尽量保证要吃饭的，因为他们的工分，与家人的口粮是直接联系的。为了满足哥哥姐姐们能吃饱肚子，母亲总是烙一些黑面干粮饼子，锁在柜子里。有一次我实在饿得不行，便想了一个法子，把柜门子拉开一条缝，找了一根长杆子，从里往外扎着拉干粮。功夫不负有心人，我终于拿出了一小块馍馍。晚上母亲回到家里看到干粮上满是窟窿眼儿，便审问我。开始我不承认，母亲拿起笤把，我便吓得大哭起来，用双手捂住脸，嘴里不停在哼哼，但眼泪却没有多少，还不时地让目光从手指缝里跑出去，观察母亲的举动。姐姐在一旁看了，急忙将自己的一块干粮塞给我，把我拉出屋外，我的哭声便变成了笑声，比变色龙还要快，现在想起来我那时假装出来的泪水，心里便会生出无限的感慨来。

前段时间偶尔看到了元代的《拊掌录》中的一则小品，差点笑得我岔了气。那则小品叫"水出高原"。说的是一个叫安鸿渐的怕老婆的秀才的趣事，不过这趣事似乎与我小时候的故事有异曲同工之妙。安秀才的老丈人去世了，他的妻子便先行奔丧，他随后也赶来。还没到老丈人的灵堂，安秀才就放声大哭，那哭声嘹亮，让众人皆为感叹，多孝顺的女婿呀。安秀才的妻子闻声而出把自家男人急忙拉进屋里，背过别人一顿呵斥，问安秀才，你哭的声音那么大，为什么我看不到你的眼泪。安秀才俯身小声说，老婆呀，眼泪该流的都流到了地上，其他的被我用手帕擦干了，不信你看我的手帕。妻子一听便说，今天不管你流没流眼泪，明天一大早在灵堂上，你一定要哭出眼泪来，否则的话，有你好看的，安秀才唯唯诺诺地答应了。

第二天一大早，安秀才便乘人不备，拿块湿毛巾裹在头巾里，置于前额的位置。到了灵柩前，安秀才一边大哭不已，一边用手频频地拍打前额，做出痛不欲生的状态。俗话说，知夫莫如妻，安秀才妻子便又把夫君拉进屋内，低声问道，别人的眼泪都是眼眶里出来的，你的眼泪为什么是从额头上流下来的，说，你安的什么心？安秀才胆战心惊地说："不是你要我一定哭出眼泪来的吗？我能有什么办法？"气得妻子欲哭无泪。

我们知道，流泪无外乎就那么几种情况，有悲伤流泪的，有高兴流泪的，有什么外物刺激了眼睛而流泪的。前两种泪水，无疑是情感的载体，"载不动，许多愁"嘛。俗话说，"男儿有泪不轻弹，只因未到伤心处"。安秀才没到伤心伤肝的地步，你硬要他流泪，他不"造假"又如何有他法？

还有一则与眼泪有关的趣事，说的是十六国时期后燕主慕容熙宠爱的皇后苻氏死了，慕容熙哭得死去活来，丧之如父母。还宿百官于宫内设位而哭，派人挨个检查哭者，无泪则罪之。群臣惧，皆含辛以为泪。安秀才"造假"是因为怕老婆，这没啥说的，慕容熙哭老婆说明他们夫妻感情深，这也没啥可议论的，可让群臣也哭皇后，而且没眼泪就治罪，这就有些过了，眼泪成了"政治任务"，成了官位与性命的"护身符"，这就让人不禁愤慨了。

还有一则现代版的关于眼泪的趣事。有个叫杜宝乾的县委书记，他的父亲去世，全县各级领导干部几乎都去杜家奔丧。其中有几个科局级的干部，在杜书记父亲的灵前哭得死去活来，眼泪之奔涌，情感之真诚，让杜书记心里十分欣慰。事后，那几位"老吾老以及人之老"的干部都得到了杜书记的提拔和重用。

俗话说，林子大了什么鸟都有，世界大了，什么事也都有，对于造假，国人耳熟能详，谁没有做过，说假话，买假证，办假事，等等，分析"假"之所以流行的原因，无外乎几种，一种是"上有所好，下甚盛焉"，你不作假，就会丢官丢命丢政绩，群臣百民的眼泪，便是明证。一种是利益使然，比如我的偷吃干粮，一种是"上有政策，下有对策"，安秀才的眼泪便是最好的说明。

眼泪，是一种很私人化的物质产品，流眼泪，同样是很私人化的行为，只要这种行为不损人，你爱流多少流多少，爱在什么时间、地点就在什么时间地点流，不关别人的利益。可一旦眼泪与利益挂起钩来，特别是可能会因此而损害公共利益的时候，我们就必须睁大明亮的眼睛，可不能"云深不知处"啊！

我也可以不高兴

读书的目的，一是为救天下，二是为救自己。于我而言，救天下，那是痴人说梦，救自己好像还能沾点边儿。

每个人都有爱好，爱好是生活中的盐，没有了它，再丰盛的宴席，也会索然无味。看书，宛如每天生活中的新鲜绿色的无污染的蔬菜，对我来说不可缺少。我看书还有个癖好，就是不爱像明星的粉丝们一样，眼睛爱盯着明星们的屁股跑，鼻子爱嗅着明星们的内衣味道陶醉，而是心随我愿，目光在书的世界之中搜寻自己喜欢的那种类型，然后如俘获心仪已久的美女一样，喜滋滋地怀抱回家，泡一杯香茶置于案头，洗净两手，钻进被窝之中，慢腾腾地先是抚摸容光焕发的封面，继而吮吸新书那种淡淡的墨香，然后便是睁大眼睛，让目光在字里行间边播种边收获，播种自己的希望，收获作者散发着或是人文或是泥土芳香的庄稼。有时候，还要在书上随时随意地涂一涂、画一画，偶尔也会写上几个不痛不痒或装腔作势的文字，算作是批语。

前两年，有一本比当年大兴安岭的大火还要火的书，叫《中国不高兴》，大报小报的读书栏目里，也都偶像一样不停地推崇着、推荐着它，别人说很值得一看，我却说等等吧，这么火，我怕烧着自己，还是等消防队员灭了火，咱清清凉凉、安安全全地看吧。于是便搁置了下来，但正如看到你心动的美女，虽然你明明知道不会有啥希望，但总还是有颗贼一般的惦记之心。

前些天，在淘宝网里一看，《中国不高兴》与《中国可以不高兴》，实行的是套餐售书，价格也很适合咱老百姓，再一想，火早已灭了，也该咱目睹一下了，看看那推荐者们眼光到底怎么样，于是轻轻一点鼠标，完成了很时髦的交易。

网络真的很快，几天后书便来了，怀着激动的心情，打开来自远方的新书，心里仿佛见到了纯洁的新朋友样地激动，按照往常的看书程序，迫不及待地仿佛新郎一样钻进被窝，从头开始品尝。看到第二页，一个错字便唰地跳入眼中，硌得我的眼睛疼了一下，我这人还有个病态样的癖好，不愿意看到错别字，虽然出版物允许一定的错别字，但那有限的错别字还是一支钝箭一样很伤我的心，伤我的眼，再一页，又是错别字，哎，奇怪了，难道是盗版书不成？我又重新打量了封面设计，印刷质量，纸张的克数，还行啊，好像不是盗版的啊。再看看吧，又看了几页，还是错别字，一气之下，便将《中国不高兴》掷于地下，大口大口地喘气，妻子听到响声，以为出了什么事，赶紧过来，从地上给我拾起来，我接过书又扔得更远。妻子莫名其妙，赐给我"神经病"三个字后，愤愤地走了。

《中国不高兴》确定无疑是盗版，那么套装的《中国可以不高兴》也是盗版了，要不然这餐怎么会套在一起呢。我这样想。不对，《中国不高兴》是盗版，这是已经验证了的事实。可《中国可以不高兴》我并没有验证啊，怎么就能下肯定的结论呢。说不准这是商家的营销策略呢，一本盗版，一本正版，既然是套书，又让读者别那么狠狠地骂，这正如你在商场买东西的所谓的买一送一，买的往往一般是正品，而送的都是次品，而且解释权在商家手中和嘴里，你能有什么办法，抱着这样的想法，我又打开了《中国可以不高兴》，一看，还是一路货色，正正经经的盗版。我就奇怪了，那地摊上的盗版书，看在眼里，拿在手上，怎么掂量都是盗版的，可这两本书，要不是你扒开她的衣服来看，她压根儿就是美女，谁会知道她是由魔鬼变的呢。

去她妈的吧！我翻身起床将两本书从窗外飞掷而下，对清洁工老杨说，老杨，请你帮我把这两本书扔到垃圾箱吧。花白头发的老杨拾起书来对我说，王师傅，这两本书不是新新的嘛，咋就不要了，可惜了。我说，要是不嫌弃，你就放到你那儿，擦屁股去吧……

唉，我真的是不高兴啊，可我不明白的是，为什么不高兴的事总是让我碰上了呢？《中国可以不高兴》，难道我作为中国的一个小老百姓，就可以没有不高兴的资格吗？我真的很不高兴，很不爽啊……

屁话、P 话及其他

还是先说说这几天的街景吧。春风一吹，花们挡不住太阳的诱惑，全都努开了芳唇，蝴蝶起舞，蜜蜂热烈，树上的枝条，婀娜多姿。多好的景色啊。可再看看街上可以作为风景来欣赏的 MM 们，却是大煞风景。个个纱巾罩面，墨镜高挂，难见庐山真面目，仿佛谍战片中的神马女大侠。古语说，士为知己者死，女为悦己者容。女士们本应该露出美丽来，装点这可爱的世界，点亮男生们因生活而疲惫的双眼，燃烧已缺失的激情。但她们修女般的选择，却真的让人不得而知其真实用意。说是减少辐射吧，可只有脸部的潜伏，那活生生的腿啊什么的却没有隐藏，说是选择了宗教信仰吧，可教义要求头发都不能见，还能暴露什么其他的部位吗？

作为男生，看不到女人这部大书，只好看车了。看那可爱的 QQ，看那霸气的陆虎，看那高贵的宝马，看那典雅的妹妹，当然是坐在车里的妹妹，她们没有那些什么的装备，虽然只是忽地一瞥。最多最有趣的，还是看车的屁股，这就是我要说的 P 话了。你看，"名花有主，欢迎来松土"，"别追了，小心我老公揍你"，有点让人失望的幽默吧，"亲爱的，你慢慢飞，小心前面带刺的玫瑰"，"排量小，脾气大"，是不是有点自嘲，还有点好笑，"别这样，亲爱的，我怕羞"，"人比车靓，追人别追车"，巧妙地利用谐音，把"修"换成"羞"，提醒你小心驾驭，多人性化啊，"队长，别开枪，是我"，好玩吧，"哥，你妈喊你回家吃饭呢"，够温馨够人性吧……看到这样的 P 语，你要是不笑，就可以证明你要么是失恋了，要么是丢钱了，要么是你妈生你时失恋了丢钱了，要不，你怎么会没有一点幽默的基因呢？

P 话可以赢得笑声，可以让你发自内心的一笑，这一笑，也许可以化解你些许的压力，也许可以让你严肃的肌肉松弛一下，让紧绷的神经活泼许多，也许可以让你以激情的步伐投入新的工作。

与此相谐音的是屁话，屁话可以赢得掌声，虽然那只是被字句的。正如植物有多样性一样，屁话也极富色彩。比如"在……下"的套话，比如"你是替党说话，还是替人民说话"的浑话，比如"就是要老百姓喝西北风"的蠢话，比如"穷人买不起房子很正常"的梦话，等等等等，不一而足。

屁话之所以有市场，是因为有那可怕的机制滋养着，有那一级比一级低的官吏们抬举着，有那不能不听的弱者们隐忍着。那么，弱者就没有屁话吗？如果说弱者没有屁话，那这本身就是屁话了。弱者也长着一张嘴，除了吃饭吃药亲吻外，当然也有表达内心思考与不满的需要。只要不是哑巴，再加上这又不是因言获罪的时代，每个人，都有说话的权利。像端起饭碗吃肉，放下筷子骂娘之类，像咒骂房价啊物价啊药价啊什么之类的话，也都可以算作弱者的屁话。弱者的屁话，只是微风过耳，不留痕迹，只图一时的快意，只是找到一个发泄的通道罢了，不像强者的屁话，富含二氧化碳，像驴粪蛋蛋一样，奇臭；像日本核污染一样，奇毒。它不但毒害社会的肌体，还侵蚀我们的思想与灵魂。当然，P 话也有市场，那只是坊间的一场游戏一场梦，只是民意的抒发，除了博人一笑的益处之外，好像目前还找不到多大的副作用。

屁话之所以存在，彰显的是从笼子里逃出来的权力的巨无霸，正如偷菜游戏的流行一样，那是价值观的扭曲，是道德的堰塞，更是社会迷惘的最好印证。P 话可以适可而止，而屁话，还是应该像那些没有必要保存的珍稀物种，让它尽快从我们的生活中消失的好，只是，这好像是笔者理想主义的一厢情愿罢了，也好像是弱者一句无用的屁话而已，虽然说了也白说，但不说白不说，还是说说吧，至少可以过一下嘴瘾。屁话啊，请你记住，我不同意你的看法，但我誓死捍卫你说话的权利。

狐狸媚言与领导诚信

在当下的中国，关于拆迁的新闻，绝对不比党和国家领导人参加会议和出访的新闻少。拆迁中最牛的新闻，我以为是重庆奉节"鸟人"的故事。重庆奉节年过六旬的老汉陈茂国，修建高速公路强拆他1200多平方米的房子，他觉得按政策补偿少了22万，于是在2009年8月3日，爬上自家一棵15米高的桉树，用喇叭向村民宣讲国家拆迁补偿法律和政策，在树上待了整整三个月，被网民称之为"鸟人"。直到11月，有关单位在媒体的协助下，表示愿意追加22万元补偿费，相关政府领导也承诺不追究其任何责任，老人这才下了树。可是，下树后的第二天，陈老汉就被公安机关以涉嫌"聚众扰乱社会秩序罪"而刑拘，陈家的80余万拆迁补偿费也被冻结，日前，"鸟人"陈老汉已被提起公诉，其结果，地球人都知道。

读到这则新闻，我不知怎么便想到了狐狸。关于狐狸，大家对它的感受，一是美丽，比如说一个人是狐狸精，那肯定说的是她的美丽过人，另一方面，就是它的狡猾了，也可以说是聪明了。它可以给那只愚蠢的乌鸦先生唱赞歌，说媚言，从而骗取乌鸦嘴里的那块腐肉。狐狸的媚言，好理解，为了那块肉。领导的承诺也好理解，为了陈老汉的那块地。媚言可信，是狐狸的媚言击中了乌鸦心的虚伪点；领导的承诺可信，是因为国人有一诺千金的好传统，有政府权为民所用，情为民所系，利为民所谋的以人为本的执政理念,更有全心全意为人民服务的宗旨所在,包括陈老汉在内的人民没有不相信的道理啊。可神话就是神话,现实就是现实。媚言的可信,最终让乌鸦失去了足以果腹的肉,而领导承诺的可信,却让陈老汉失去了暂时的自由。鲁迅曾说,"悲剧是将人生有价值的东西毁灭给人看",在我看来,领导诚信的沦丧,才是最大的"杯具",是执政面临的最大的"管涌"。面对这样的"杯具",作为弱势群体的群众来说,选择唐富珍的自焚就不足为怪了。

自然资源的缺少,已经成了制约我们发展的硬伤,西方国家指责我们成为最大的消费国,这无可批驳,因为我们是人口最多的国家,用平均数算的话,比他们还要少呢。可像领导承诺失信于民这样的道德资源的缺失,我以为才是制约发展的最大瓶颈。尔虞我诈把官场的规则搞乱,剽窃抄袭把学术的严肃风化,食物上的造假让我们的身体处于亚健康,道德的缺失让我们的心灵长满了狼毒花。自然资源这样一个"十年树木"工程的缺少,我们完全可以用科学发展的做法在短期内循环再生,可道德上的缺失这样一个"百年树人"的工程,却不是一朝一夕能恢复过来的。自然资源可以用市场和行政手段,做到立竿见影的合理配置,但道德资源却是任何手段都不能"速成"的。在整个社会被市场化煽动起来的赤裸裸的欲望面前,任何丰富的自然资源,都会被疯狂地消耗殆尽。在利益最大化的平台之上,道德从来都不是交易的对手。

外国有一个故事,说大家在一起赶路,突然一个人停了下来,有人问为什么要停下,那人说他走得太快了,把灵魂落在了后面,要等一等。在我看来,现实的社会,是不择手段的经济发展的速度太快,已经把道德远远地甩在了后面,甚至于早已忘记了还有一个叫道德的东西。尾生为了践诺,可以主动被水淹死,商鞅为了践诺可以一木十金,匹诺曹说了谎要付出鼻子长长的代价,为什么我们的那些在官场的"老君炉"中修炼成精的领导就可以脸不红、心不跳、嘴不歪、位不丢地失信于民、而不受任何损失呢?究其原因,在领导的头脑中,还充斥着"牧民"的思想,已失去了人本的观念,泛滥着权力可以游戏权利的规则。"德者,得也"。失去了道德,最终将会什么也得不到。只有把道德时刻装在心中,把诚信落在行动之中,对人民群众怀有敬畏之心,对权力怀有恐惧之感,才能做到说人话,关注人,像个人。

这个社会不需要看客

　　今天的社会是一个被信息包裹的社会，人们的大脑是高速运转的，绝不比奔腾的运算速度慢多少。看报纸，看电视，上网浏览，成为生活中必不可少的选择。但不可否认的是，今天的时代，又是一个麻木的时代，至少于我是这样的。公路延伸一公里，贪官趴倒一大片，我不奇怪；小偷偷出了贪官，贪官倒在石榴裙下，我不奇怪；村霸砍倒无辜的百姓，新华社的记者被重金收买，我不惊讶；某部门的预算是1亿~5亿元，被挤出水分8000万元，我不惊讶；程维高、成克杰们被捉，我不惊讶；甚至于人们在评论那些反腐败的英雄们诸如吕净一、郭光允是多管闲事，是不务正业，是狗拿耗子时，我也无动于衷，没有多少正义的愤慨；教授丧失良心，剽窃学术作品，博导没有道德，潜规则可以做自己女儿的学生，我也好像没有一点奇怪的意思；即使是在公交车上，我眼睁睁地看着那可人的小女人好看的屁股兜被小偷用刀片划破偷走钱包，在街上，看到混混们偷走那花白头发的老者为老伴看病而卖出家里仅有的口粮时，或者有一个像我妹妹一样的少女被几个家伙追得大喊救命时，我都是脸不变色心不跳，觉得一切都是那么正常，正常得如同北方的树叶到了秋天就必须从枝头飘落一样。所有的这些过去以后，日子还在正常地过，圣贤的著作也还在正常地读，美女作家们用下半身写作的书也还在津津有味地欣赏，甚至有时还有些许的小女人一样的散文从笔头底下溢出。

有些时候，我很惊讶于自己，过去的自己可不是这样的呀。20世纪80年代看《高山下的花环》，我为梁三喜的母亲用皱巴巴的毛票子替烈士还账时的细节流过泪，我为刘巧珍纯朴如同泥土一般的爱情被高加林用世俗的选择扼杀伤过心，我曾为见义勇为者写过赞歌，我曾为社会上的各种丑恶现象所激愤，甚至还不顾自己的生命，去追赶并和小偷打得头破血流。

更多的时候我在想，现在的社会，物质生活是越来越好，可为什么精神生活却越来越差，比照达尔文的进化论和圣人的"衣食足然后礼仪兴"的话，我们应该是进化的呀，可为什么我们却退化了呢？为什么我们的审美标准、我们的道德选择、我们的价值观念、我们的人生理想会发生那么大的扭曲，会有那么多的"错位"呢？

科学家说，人类和动物最大的区别是会笑，会思考。常言说，人类一思考，上帝就会笑，我不知道现在的人们会不会真正的笑，会不会真正的思考，我只知道上帝肯定在那里对我们人类大笑，对我而言，这是一个最大的难题。一个健康的社会，不能没有会思考的人，不能依靠"错位"来支撑，这应该不是一个高深的理论，可有时候我们为什么就不明白呢？我想起了50多年前的一个德国的新教牧师说过的话：起初他们（法西斯）抓共产党，我不说话，因为我不是工会会员；后来他们抓犹太人，我不说话，因为我是亚利安人；再后来他们抓天主教徒，我不说话，因为我是新教徒……最后，他们来抓我，已经没有人能为我说话了。这是一个活生生的事不关己、明哲保身但终于没有保住自身的反面教材。在文明的社会里，一个人面对丑恶的无意识和"失语"是可憎的，而群体的无意识和"失语"，不仅是可怕的，而且是极其危险的，它会切断文明传承的链条，会使人类自身整体"沙漠化"，会使整个人类呈现病态。因此，我们要时刻记住的是，别人今天和现在的不幸，也许就是我们自己明天和将来的悲剧，人不是一座孤岛，这个社会不需要"看客"。

光荣的房奴

对于新房的向往,从去年就开始了。在朋友的介绍下,随着妻子,到那个叫欧景豪庭的地方不知道跑了多少趟,也不知道向那个还算漂亮的售楼小姐咨询了多少遍,弄得那个售楼小姐到后来都不理我们了。最后的结果是一算账,把现在的住房卖了,包括装修还要差十多万元,把我吓个半死,不了了之。前两天,一个朋友说,有一个做生意的人,也是在那个地方,有一套房子想卖,只不过去年我们看的是三楼的东户,这套房子是西户,说是可以便宜2万元。我一听,本来早已熄灭了的那团火,一下子又被燃了起来。俗话说,省下的就是挣下的,省下要比挣下省许多力气呢。和妻子一商量,妻子说,我不管,你想要就要吧,反正你想清楚了,不换房子,我们虽然算不上富翁,但不少吃不少穿,可一换房子,我们肯定就成了"负翁"了,你要想清楚了,你现在是44岁,就是贷款10年,也要到55岁的时候才能还清,这样的压力,我可不想承受。我说,你这样想啊,要是去年我们下决心定下了,今年不也还是在承受吗?何况今年定,还省下了2万元呢。可你想过没有,贷款10年,要承担多少利息呢,妻子说。我一算,真的吓了一跳,贷款15万元,期限10年,利息就是近7万元呢,真是不小的数字。

我把这话告诉我那朋友,我那朋友说,你的账是算得不错,但你没有想一想,要是没有这场金融危机,要是那个做生意的人不把钱做得没有了,你会有这个机会吗？你再想一想，要是没有党的好政策，谁会给你贷款15万元，谁又敢贷给你15万。你提前住上了好房子，有了自己梦想中的书房，写作起来，不是更好吗？这样吧，首付的钱，我借给你一部分，你再想想其他办法。朋友这样一鼓动，我真的是憋不住了，便和那户主在售房部倒换了手续，给了订金，算是定了下来。可妻子早有话在先，你想好了，借钱的事，你可别找我，其他的，你想怎么做都行。我当时还嘴硬，心说我就不信离了猪粪不上田，离了叫花子不过年。可事到了头上，把亲戚同学都捋了个遍，还真是没有多少有钱的，就是有钱，那钱，能是那么好借的吗？最后，实在没有办法了，我只好把脸抹下来，装在口袋里，给自认为是关系好的同学打电话。同学的态度很好，可结果不好，说钱倒是有几个，不过他妈的都让股给套得死死的，要不这样吧，你先想想办法，先在哪儿通融一下，等解了套，哥们一定借给你。给另一个从小精着尻子玩大的哥们打电话，一个意思，不同的是他的钱在基金上套得贼死，也是没有办法。俗话说，打仗亲兄弟，上阵父子兵。可到家里一说，也一个比一个强不了多少，没有做生意的，也没有彩票中奖的。清理一下家底，距离太大了，怎么办呢，只有一个办法，拖吧，怎么拖，关机吧，还能怎样？

过了好几天，妻子见我没什么行动，问到底是怎么回事，我说还能是怎么回事，一分钱难倒英雄汉，何况是这么大的数字呢，还是算了吧，那几百元的定金，就当是交了学费，或者就当是炒股赔了吧。妻子说，你呀，丢人还当是喝凉水呢，一个大男人，不能说话不算数啊。于是，她给她的一个好朋友打了电话，先借了10万，算是交清了首付。我真的不知道，她还有那么有钱的一个好朋友。

从这天起，我成了一名光荣的"房奴"，身上的担子一下子重得像"一座座山川"……

水的启示

水是生命的源泉，没有水就没有绿洲，就没有粮食，就没有人类赖以生存的物质基础。

水、空气、阳光，构成了生命的三大要素，先贤们对水，有许多精辟的论述，"水纳百川，有容乃大"，"仁者乐山，智者乐水"，说的是水的博大精深，说的是水宽大的胸怀；"上善若水，水利万物而不争"，赞的是水谦虚和无私的品格；水滴石穿，赞的是水持久永恒的韧性；随风潜入夜，润物细无声，说的是水不求回报，奉献自己的精神境界。遇圆则圆，遇方则方，遇止则止，随缘而流。把石头扔进水里，就会被水覆盖，因为它有"包容"性；着火了，我们用水去扑灭，因为水有"化解"性；泥土遇见水，会变得柔软，因为水有"柔韧"性；把木头放进水里，会逐渐腐烂，因为水有"渗透"性；钢铁泡在水里久了，就会生锈，因为水有"侵蚀"性……水是太平常了，但它值得我们学习的地方很多，尤其是对我们的公仆而言，对我们每一个普通党员来说，都应该从水的身上学到很多的为官之德、从政之道、尽职之功和做人之本。

对待群众要有柔情似水的亲情。"民之所忧，我之所思"。群众利益无小事，带头做好群众工作不是一句空话和大话，更多的应该是一句实话，要体现在工作的点点滴滴上，比如不怕鞋脏走农家地，不怕困乏进农民门，不厌其烦听群众话，不辞辛苦做仆人事。作为公仆，只有把群众的冷暖切实放在心上，把群众的利益落到实处，替群众所思所想所行，才能真正做到权为民所用，情为民所系，利为民所谋，才能体现共产党员的先进性，才能真正地以心换心，不仅会得到群众的口碑，更会受到群众的拥护和爱戴。

对待个人得失要有心如止水的胸怀。领导的本质是为人民服务，领导就是要讲奉献。虽然领导也是人，也要面临许多的现实问题，特别是权位利益的变化问题。在权力面前，应该"不以物喜，不以己悲"，在个人利益面前，应该"先天下之忧而忧，后天下之乐而乐"，在美色面前，应该"自我岿然不动"，"曹鼎不可"，永葆一颗共产党人的平常胸怀。要用党员标准严格约束自己，正确处理权力和利益的关系，做到"富贵不能淫，贫贱不能移"。先贤说："贪如火，不遏则焚；欲如水，不遏则溺。"只有心如止水，才能阻止欲望，拒绝诱惑，才能克勤克俭，不慕虚荣。

对待同志要有海纳百川的宽容。对待同志，特别是对有不同意见的同志，要以党和人民的事业为重，要善于同他们沟通交流，要以兄弟般的情怀，以科学的态度，求大同，存小异，肯容人，能识人，勇于和敢于听取批评意见，善于自我解剖，形成团结和谐的人际关系和工作氛围。

对待工作要有水滴石穿的恒心。人生不是坦途，仕途也不是一帆风顺的，要有一颗平常心，更要有一股坚韧劲儿。要勇于创新，不断开拓，要富于激情，迸发活力，把对工作的热情转化为对事业的责任感，提高执行力和科学决策的能力与水平，执政为民，锲而不舍，只有这样，才能有政绩，有形象，有口碑。

处理人际关系要有清淡如水的大度。领导干部的社交面广，交友就显得十分重要。许多领导干部的堕落史说明交友是很重要的选择，交钱友、色友，肯定会污染自己，交诤友、挚友，也肯定会纯洁人格。君子之交淡如水，交朋友，就要做到自尊自爱，本着对党和人民的事业负责、对家庭负责、对自己负责的原则，多算算政治账、家庭账、亲情账，多交些谦谦君子，远离那些看中你手中权力，把你作为他们升官发财的赌注和工具的小人，以强化自己的人格修养和党性锻炼，达到真水无香、鞠躬尽瘁的境界。

信不信由你

说权力有魅力，我不信，说贪官有魅力，所以才能让二奶、三奶甚至 N 奶爱上，我信。

说浪费纳税人的钱，我不信，说请明星花巨资是为了提升城市的品位和人文指数，我信。

说许多艺人靠潜规则一夜成名，我不信，说他们靠实力凭辛苦十年磨一剑，我信。

说官员在位时就是书法家，我不信，说官退休后成了书法家，我信。

说地方政府在抬高房价，我不信，说买房的人太多使房价上涨，我信。

说垄断行业真心涨价，我不信，说是为了与国际接轨，我信。

说产品质量由质检局说了算，我不信，说由老百姓说了算，我信。

说清官没有钱，我不信，说贪官爱清廉，我信。

说居民收入有水分，我不信，说统计数据很真实，我信。

说老师上课时不用心，我不信，说老师补课时不认真，我信。

说大夫拿了回扣，我不信，说大夫全心全意为人民服务，我信。

说我的文凭是买来的，我不信，说我的文凭不是买来的，你不信。

说我的文章是抄袭的，我不信，说我的文章不是抄袭的，你不信。

唉……

宽容是最好的爱国

2009年3月21日下午3时左右，两个穿日本和服的女子出现在武汉大学的樱花大道上，年纪较长的穿了件淡紫色和服，另一年轻女孩穿一件彩色和服，两人站在樱花树下合影留念。给她们拍照的是一位中年男子，随行的还有一位年轻女子。四人都操武汉口音，在樱园逗留了近十分钟，引来很多赏花市民的目光。就在四人沉浸在幸福之中的时刻，传来了"不要穿和服在武大拍照！""穿和服的日本人滚出去！"的声音。拍照的四人急忙收拾离开了。

"墨江泼绿水微波，万花掩映江之沱。倾城看花奈花何，人人同唱樱花歌。"樱花是日本的骄傲，也是日本的国花。"不要穿和服在武大拍照！""穿和服的日本人滚出去！"这声音，在我听来，是那么不和谐，那么不近人情。那喊出这声音的人，他的理由，肯定只有一个，穿和服是卖国的表现，他所以那样叫，是因为一腔爱国热情的表现。爱国有多种表现，你可以把生命献给祖国的自由和解放，你可以把自己的知识献给祖国的建设和富强，你也可以在自己平凡的岗位上，默默地做好属于自己的工作，你也可以种好自己的责任田，为国家多打粮。当然，你也可以坚决排除一切西洋的东西，美货、日货以及西方的体制与思想，你还可以"师夷长技以制夷"，坚持"中学为体，西学为用"，但不论怎样，爱国是无罪的。

世界浩浩荡荡，顺之者昌，逆之者亡。我们也知道，作为一个伟大的民族，她必须要与时俱进，不断解放思想，更新观念，把自己融入世界发展的潮流之中，只有这样，这个民族才是有活力的民族，有希望的民族。那种把穿和服赏樱花和不爱国联系在一起的想法，充其量，也只是伪爱国的表现，是一种自私狭隘的观念，是坚决不可取的。

伟大的作家房龙曾说，宽容就是容许别人有行动和判断的自由，对于不同于自己或传统的观点的见解耐心公正的容忍。如果爱国的伪命题成立的话，那岂不是要把我国土上的樱花全部杀绝，把日本国的和服全部收缴起来，再踏上一脚，把日本国民众乃至国土全部灭失吗？俗话说，人非圣贤，孰能无过。对于过错的处理，最好的方法是尊重与宽容。这种人性化的温情和宽容，比之简单的谴责更有助于文明的建设与人自身的和谐。苏霍姆林斯基说，有时宽容引起的道德震动比惩罚更强烈。孔子说，宽则得众。宽容是一门艺术，一门做人的艺术，宽容精神是一切事物中最伟大的行为。不论面对什么事情，我们都应该有一颗天空般宽容的心灵，只有这样，我们的社会才是一个和谐的社会，我们的个体才是一个和谐的个体，我们才能真正实现人与社会、人与自然、人与人之间的和谐。

爱国是件好事，只是希望人们能容忍别人爱国的方式，更尊重别人的生活方式。

睡觉的官，不能一免了之

最近，关于官员开会睡觉的问题，看来已经是一个很大的问题了，有的付出了沉重的代价，是"黄粱一梦顶戴丢"，有的是"南柯一梦处分来"。而众多的做法中，我对广东省委书记汪洋同志的做法感到很是温暖。2009年3月19日，广东省委书记汪洋批评计生会议睡觉者时，是这样说的，开会睡觉的，我都记下了，今年我重点找你茬，看你是不是搞得好人口工作。

会风问题不论过去还是现在，都是一直困扰着会议组织者的顽疾。在民国时期，冯玉祥就曾为开会经常缺席、迟到者编了一副对联："一桌子水果，半桌子茶点，知否民间疾苦；三点钟开会，五点钟到齐，是何革命精神？"我们党历来也十分重视会风问题，延安整风运动就涉及这个问题。而现在一些党政干部已经把开会迟到，甚至缺席变了一种习惯，这种陋习的背后，是时间的浪费和效率的低下，也是对会议严肃性的公然挑衅。这种被大多数人习以为常但却极不正常的会风就是把开会当作了一种形式，认为开会就是听听报告，记记讲话。这实际上是一种消极不作为的很不正常的现象。党的十七大报告指出："少数党员干部作风不正，形式主义、官僚主义问题比较突出，奢侈浪费、消极腐败现象仍然比较严重。我们要高度重视这些问题，继续认真加以解决。"

汪洋同志幽默式的批评，既体现了一个领导者高超的领导艺术，又体现了为官者对下属的宽容与理解胸怀。这种批评，既容易让人接受，又柔中有刚，使被批评者产生工作压力，又产生工作动力，这比摘掉开会睡觉者官帽的效果，无疑要好得多。同时，更体现了实事求是的精神。开会睡觉者，固然违背了会议纪律，但其中可能有多种原因。有的人可能因为头天晚上加班加点所致，有的人可能是身体有恙所致，有的人可能因为会议空洞无物而被"催眠"所致。如果不考虑这些因素，只是一味地追求领导权威，不问青红皂白地拿掉开会睡觉者的官帽，不仅显得不妥，更有违背组织纪律和组织程序的嫌疑。

党的工作，无论是苦是甜，轻松还是劳累，都要踏踏实实地做好，会风就是反映干部作风的一个重要表现，求真务实的作风是干好事业的前提和基础，会风的好坏，直接反映了官员自身的责任意识和执政素质，关系到广大人民群众的切身利益，也关系到党和政府在人民群众心目中的形象。对于开会睡觉者，有必要进行管束，也有必要进行教育，进而加强干部队伍纪律建设。但是对于开会睡觉开小差的问题，仅凭单方面警告免职恐怕并不能禁止成功，假使能够以免职震慑住开会睡觉者，那也只能是维持短期成效，更重要的是它逃避了问题的根结——会议成灾、会议质量不高——将问题引向别处。我们的血脉中，总是有爱走极端的基因，那种把开会动辄认为迟到、早退、睡觉、接听手机等不良现象的存在，会损害工作效率，会影响工作落实，会失去工作的积极性和创造性，丧失发展机遇，损害国家经济社会事业联系起来的说法，无疑是犯了主观主义的错误。

欧盟常设委员会的会议，不可谓不重要。如此重要的会议，会议期间竟可以小睡片刻，在我们看来无论如何也说不过去。然而，德国的这项内部规定，却充分体现了"人性化"的一面。会议时间，有长有短。会议时间过长，就会让年纪稍大者受不了，在会议期间睡觉也就在所难免。如果我们对待开会睡觉者，一经发现一律是"严惩不贷"，则在处理问题上显得过于武断和"不近人情"。我们惩前毖后的目的，是为了促进工作，绝不是为了什么领导的权威，更不是为了随意地免去一个党多年培养起来的干部。因此，我们不妨借鉴一下德国人的经验，具体问题具体对待，更多地讲一点和谐，体现一点文明，彰显一点人文关怀。毕竟，开会睡觉者，只是极其个别的例子。否则，倒应该检点一下会议自身是不是有问题，比如会议开得有无必要，会议的报告者是否像机器一样照本宣科，内容是像维生素片一样淡而无味，而不是开会者有没有睡觉者的问题了。

只好读书

有个女名人曾说：做人难，做女人更难，做个名女人是难上加难，我套用这个女名人的话：做人难，做男人也难，做个让社会和家庭都满意的男人尤其难。对于胞衣埋在那个遥远的小山村的我来说，由于父母朴素的认识和艰苦的劳作，由于当时教我的老师的辛苦培育，也由于我虽愚钝但知道笨鸟先飞的道理，知道我让父母唯一的满足感是，来自于用那个一块一块的布头缝制起来的对于外国人来说无疑是艺术品的书包，在每学期的期末装回那小小的三好学生的奖状和两个作业本、一支铅笔、一把小刀的奖品。然后看父母很高兴地在已经贴了很长时间的已被烟熏得有些灰暗的奖状旁边贴上新的奖状。我的感觉是父母比盼望了多少年才有了我这么个儿子还要高兴的那种心情。于是在父母抚摸我乱糟糟的头发时，我只好再给自己加把劲儿。

就这样，我的小学，我的初中，直到我上师范的路，毫不夸张地说，是三好学生的奖状铺就出来的，后来我光荣地给了父母一脸他们从未有过的荣耀，当上了人民教师，像我当初的老师那样，在孩子们渴望的目光中耕耘他们的心田，播撒知识的种子。后来，又改行做了一名国家公务员。再后来娶妻生子。在阳光下，平平淡淡的，在单位和家之间像一只不知疲倦的蚂蚁呼吸、运动，在月光中真真实实地漫步畅想。

再后来的日子，那变化之快使我成了桃花源中"不知有汉，无论魏晋"

的人物。那有限的几张薪金，眼见得追不上一个跟头十万八千里的物价，眼见得别人腰也粗了，气也硬了，升官的升官，发财的发财，自己只能哀叹"百无一用是书生"。尊重知识、尊重人才的风刮来了，看看自己，既没有厚重的专业知识，又不算什么鸟人才，那个师范学校的毕业证书能混饱肚子已实属不易了。升官没命，发财没运，也只好自怜。再后来，眼见得股票飞涨，但自己没钱，眼见得百万富翁在福彩中一个一个的诞生，自己手也痒痒，心也痒痒，只好发挥自己的"特长"，用单位稿纸和自己的手夹着写几篇豆腐块文章，好在编辑先生不是势利眼，能偶尔寄几块稿费回来，我便瞒着妻子去买彩票，想让自己变成那个天方夜谭中的人物，一夜之间成为富翁，然后吓妻子和孩子一大跳，然后买别墅，购小车，穿名牌，吃山珍。但心有天高，命比纸薄，就连那区区的5元安慰奖也从来未中过。

再后来，儿子上学，天天早晨在星星的眼光中送到学校，天天傍晚在落日的余晖中接回家中，妻子虽然识字不多，但懂礼知人，任劳任怨。从没有什么抱怨之词，越是这样，我越觉自己的窝囊。好在儿子学习上的事我一手操劳也算是找到了我的用武之地。

每天晚饭之后，儿子写他的作业，没事的我便翻腾出以前的藏书，一本一本的细细地品味，后来，又办了一张借书卡，时不时地借回几本时尚的书来，也赶赶时髦，追追"书星"。在书的世界里我便忘了一切，有时就地流泪，有时开怀地大笑，弄得儿子莫名其妙。有一次儿子拿着我的一本书问我，爸爸，你这书上说书中自有黄金屋，书中自有女颜如玉。我找了半天，除字以外什么也没有呀，我不知道应该哭，还是应该笑，便打哈哈说："快去做作业吧，你的书中也有的，只不过你还小，找不到，等你长大了，才能找到。"儿子一脸茫然便扶扶他过早加给眼睛的保护神——眼镜，不高兴地走了。其实那时我最想对儿子说的是：书中的黄金屋早已搬到了银行，书中的颜如玉早已进了富人的私宅。

告子说，食色性也。说句心里话，我不是不爱吃山珍海味，但现在是做不到，将来能不能做到也在两可之间；我不是不爱美女，但那是永远也做不到的。看着别人二奶、三奶的包个不停，红酒、绿酒地大喊大叫，青山绿水地东闲西逛，我很是羡慕不已，说句实话，看着别人大钱小钱地贪污受贿，不是不想，只是没有那个条件罢了，有一次在梦中，还真的受了贿呢，正在大笑，美梦却被闹铃给无情地打碎了，醒后好一阵懊悔。

唉，子曰：三十而立，四十而不惑，但我总觉得，我的困惑越来越多。让我想不通的事情一茬接一茬。中国人本来就是黑头发黑眼睛，但街上一会儿流行黄，一会儿席卷红，一会儿又是鸡窝一样的绿，让我目不暇接。街上袒胸低眉短裙的美女，让街边古老的杨柳之树目瞪口呆，更让我一头雾水，不是我不明白，是这世界变化之快的歌词，说出了我的心里话。一会儿是世界冷战，一会儿是和平共处，面对这千变万化的世界，让我这个芦苇般的身躯如何能承受得了，唯一的选择便是"躲进小楼成一统，管他春夏与秋冬"。

关于心中的梦想，便寄托于书包越来越沉、胸部越来越弯、视力越来越近视的下一代了。一个名人曾说过，书籍是人类进步的阶梯。那么好了，对于我等而言，唯一的选择便是只好读书，虽说现今的社会，读书除了催眠之外，别无他用，但我以为，至少读书可以省下买安眠药的钱罢。

究竟是谁的悲哀

近日，一则新闻让我的心情无法平静。说的是广州市天河区华阳小学的学生和家长参加一场"德行天下从头起——我给父母梳头"的大型亲子活动。当绝大多数儿女第一次给父母梳头时，很多家长禁不住流下泪水，现场一片抽泣声。为什么会有这样的情况发生呢？父母们是悔恨？是悲哀？是惊喜？是高兴？还是激动所致？恐怕皆兼而有之吧。

孩子都是父母一把屎一把尿拉扯大的，从小到大，父母不知给孩子梳过多少回头发。而如今，让孩子给父母梳一回头发，按理，看着父母稀疏的白发、布满皱纹的额部，流泪的应该是孩子。可是，情况恰恰相反，父母反倒流泪了，可想而知，随着社会的发展，我们在追求物质利益的同时，"孝德教育""孝心教育"已经沦落到何种地步！

倘若仔细观察，不难发现，父母虐待孩子就会遭到社会的强烈谴责，受到舆论的批评。但反过来，孩子虐待父母的情形，社会就比较忽视。例如，在一些条件比较艰苦的农村，有的青年人外出追求所谓的"事业"，远走他乡，将孤苦伶仃的老父老母留在家里，还要照顾孙子。说真的，看到这种情形，恐怕稍微有点良心的人都会潸然泪下。难道这不是虐待老人的例证吗？虽然舆论对此做过一些批评，但由于声音太弱，加之这种现象太普遍，也就见怪不怪了。倘若谁家的孩子相对孝顺，让老人能够幸福地安度晚年，乡里邻里也会将其推崇到"孝子"的行列加以称颂，并以此作为教育子女的范例。

　　不可否认，导致我们不愿意看到的现象的发生，一方面与社会的转型有关系，另一方面，难道与我们的教育方法的失当、教育理念的错位没有关系吗？依笔者之见，推进"传统道德教育"已经迫在眉睫，虽然现在社会已经步入知识经济时代，日趋激烈的市场竞争给每个人的生存发展带来沉重的负担，但不能因此就忽略道德素质的培育。倘若"道德教育"不真正重视起来，继续培养一些连最基本的"孝心"都不具备的"人才"的话，或许应该泪流满面的将是整个社会了。家庭是社会的细胞，没有家庭的和谐，就没有社会的和谐。作为家长，我们要与时俱进，不断接受新的教育理念和教育方法，建立起一种尽责任、知感恩的新型的父母子女关系，让孩子最终成长为专业知识精湛、人格魅力出色、工作业绩斐然的对社会有用的人才，我们才算尽到了做家长的责任。

后　记

　　有一种花，开在人迹罕至的路边，它孤独着自己的孤独，也芬芳着自己的芬芳。感谢您在匆匆的人生路途中，站在一个合适的距离，和蜜蜂一起感受它的雅态。她也回眸一笑陪你继续行走。只是，她会始终坚守在寂寞的路边，看云卷云舒，听小鸟歌唱诵诗。有了这瞬间的偶遇，便是你们彼此生命中最值得怀念的永恒。作为写作者，对您百忙之中翻阅这些也许是隔靴搔痒式的文字深表谢意，也对构成本书的文字，表示由衷的敬畏。

　　此为后记。